인생의 역사

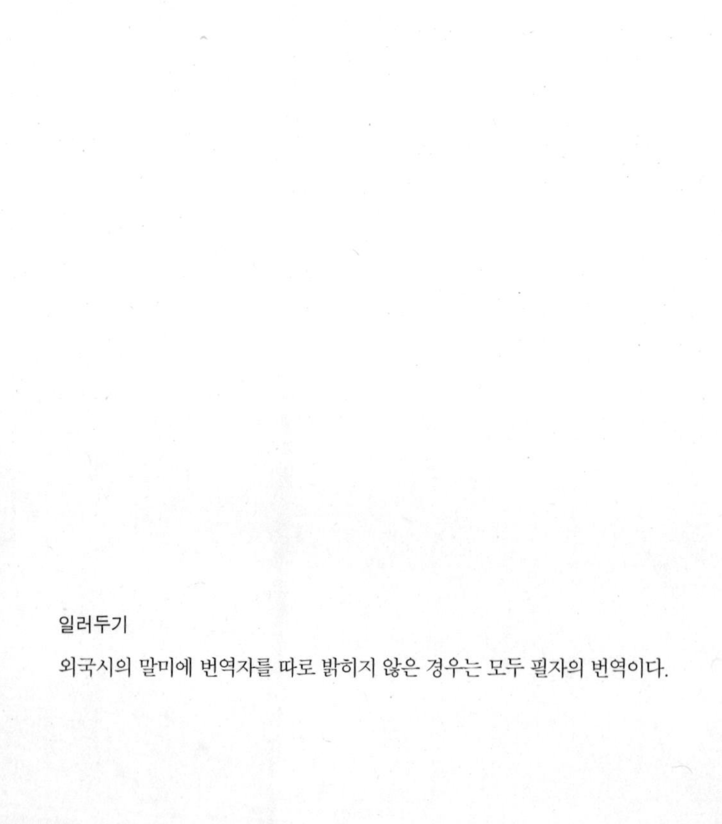

일러두기

외국시의 말미에 번역자를 따로 밝히지 않은 경우는 모두 필자의 번역이다.

인생의 역사

'공무도하가'에서 '사랑의 발명'까지

신형철 시화 詩話

책머리에

내가
겪은 시를
엮으며

1

'인생'은 조금도 특별하지 않은 특별한 말이다. 사전에는 '사람이 세상을 살아가는 일 혹은 그 기간'이라는 특별하지 않은 뜻 말고도 '어떤 사람과 그의 삶 모두를 낮잡아 이르는 말'이라는 특별한 뜻이 적혀 있다. 이런 예문과 함께. "인생이 불쌍해서 살려준다." 인생은 '살려줘야 할 정도로' 불쌍한 것이다. 왜 그런가.

체호프는 입센의 작품을 보며 '인생은 저렇지 않아'라고 잘라 말한 적이 있다. 입센의 세계는 아무리 복잡한 비밀도 결국은 풀리면서 끝나는, 그런 의미에서 너무 '문학적인' 세계라는 것. 체호프는 다르다, 라고 비평가 제임스 우드는 말한다. 체호프는 수수께끼로 시작할 뿐만 아니라 수수께끼로 끝낸다고. 인생의 질문들 앞에서 '난 모른다'라고 중얼거릴 따름이라고.

그러니까 인생은 이해할 수 없어서 불쌍한 것이다. 문제를 푸는 사람 자신이 문제의 구성 성분이기도 하기 때문이다. 그래서 풀 수가 없는데 그렇다는 걸 알면서도 계속 풀어야 하니까 더 불쌍한 것이다. 체호프가 러시아어로 '아, 인생이여'라고 할 때 우리는 한국어로 '아이고, 인생아'라고 한다. 불쌍해서, 죽일 수도 없을 만큼 불쌍해서.

2

'시'는 그다지 대단하지 않은 대단한 예술이다. 시는 행行과 연聯으로 이루어진다. 걸어갈 행, 이어질 연. 글자들이 옆으로 걸어가면서行 아래로 쌓여가는聯 일이 뭐 그리 대단할 게 있겠는가. 그런데 나는 인생의 육성이라는 게 있다면 그게 곧 시라고 믿고 있다. 걸어가면서 쌓여가는 건 인생이기도 하니까. 그런 의미에서 인생도 행과 연으로 이루어지니까.

"시는 직업이 아니라 삶의 방식입니다. 그것은 빈 바구니예요. 당신의 인생을 거기 집어넣고 그로부터 뭔가를 만들어낼 수 있죠."(메리 올리버) 이런 생각까진 못했어도 10대 후반의 어느 날부터 시를 좋아했다. 스물몇 살 때 사람들 보라고 처음 어딘가에 연재한 글도 시화詩話를 흉내낸 것이었다. 이 책에 실린 글은 그때의 것을 닮은, 내 글쓰기의 원형이다.

첫 책에 "나는 문학을 사랑한다. 문학이 나를 사랑하지 않아도 어쩔 수가 없다"라고 쓴 적이 있지만, 그래도 나를 조금은 사랑해준다고 느끼는 장르가 시다. 이십수 년 동안 문학을 공부하면서 자신감을 잃고 주눅들 때마다 나는 최면을 걸듯이 속으로 말해왔다. '시는 나를 사랑한다. 시가 나를 사랑한다.'

3

2016년 한 해 동안 한겨레가 넓은 지면을 내주어 '신형철의 격주시화'를 연재할 수 있었다. "인간은 이상하고 인생은 흥미롭다. 이 진실에 충분히 섬세한 작품을 선호한다. 그런 작품들로 인생을 공부해왔으나 아직도 무지하고 미숙하여 나는 다급하다. 인생에 대해 별말을 해주지 않는 작품까지 읽을 여유가 없다." 연재 첫머리에 '인생'을 내걸 때부터 이 책은 시작됐다.

연재한 스물다섯 편 중 하나를 새 글로 교체했고 다른 글도 조금씩은 다 수정했지만 2016년 상황의 산물인 대목을 2022년의 눈으로 고치진 않았다. 연관된 글 몇 개를 따로 모은 부록을 보태고, 또 새로 쓴 프롤로그와 고쳐 쓴 에필로그를 더하자 내 일은 끝났다. 이를 에디터 김동휘 선생의 극진한 애정이 감싸고, 김민정 대표의 안목이 선택한 박서보 화백의 그림이 감싸니, 책이 완성됐다.

내가 조금은 단호하게 말할 수 있는 것 중 하나는 시를 읽는 일에는 이론의 넓이보다 경험의 깊이가 중요하다는 사실이다. 우리는 어떤 일을 겪으면서, 알던 시도 다시 겪는다. 그랬던 시들 중 일부를 여기 모을 수 있어서 감사하다. 이 책의 가장 심오한 페이지들에는 내 문장이 아니라 시만 적혀 있을 것이다. 동서고금에서 산발적으로 쓰인, 인생 그 자체의 역사가 여기에 있다.

4

두번째 평론집을 낸 이후에나 손질해보려고 5년 넘게 밀쳐둔 원고를 올해 서둘러 정리하게 만든 한 사람이 있다. 이 책을 그에게만 바칠 순 없다. 이 책은 '인간이라는 직업'(알렉상드르 졸리앵)을 가진 모두를 위한 것이니까. 다만 2022년에 내가 이 책을 만들었다는 사실을 그 한 사람에게 선물하고 싶다는 뜻이다.

열 달 동안 제 엄마를 네 번이나 응급실에 보내고 주요 임신 부작용을 거의 전부 경험하게 만든 후, 2022년 1월 5일에 태어나, 현재 광주광역시에서 부모와 함께 거주하고 있는 신기륜(남, 만 0세)씨가 그 주인공이다. 그의 이름은 만해 한용운의 "님만 님이 아니라 기룬(그리운) 것은 다 님이다"에서 차용되었다고 한다.

출생 이후 그는 제 인생을 조금도 낭비하지 않고 완전연소의 방식으로 살아냈다. 천장을 향해 뉘어진 몸을 스스로 뒤집었고, 곧이어 두 팔로 포복하기 시작했으며, 어느 날엔 허리를 세워 앉더니, 마침내 벽을 짚고 일어서기 시작했다. 인생은 불쌍한 것이지만 그래서 고귀한 것이라고 (못) 말하는 아주 작은 사람, 그런 그가 기루어서 나는 이 책을 엮는다.

2022년 10월
광주와 서울을 오가며
신형철

2부 사랑의 면

3부 죽음의 점

4부 역사의 선

5부 인생의 원

프롤로그

조심,
손으로 새를 쥐는
마음에 대하여

베르톨트 브레히트,

「아침저녁으로 읽기 위하여」

아침저녁으로 읽기 위하여

베르톨트 브레히트

내가 사랑하는 사람이

나에게 말했다

"당신이 필요해요"

그래서

나는 정신을 차리고

길을 걷는다

빗방울까지도 두려워하면서

그것에 맞아 살해되어서는 안 되겠기에.

: 김남주 옮김, 『아침저녁으로 읽기 위하여』(남풍, 1988)

아침저녁으로 읽어야 할 것이 있을까. 그것을 시대가 결정하기도 한다. 브레히트가 쓰고 김남주가 번역한 「아침저녁으로 읽기 위하여」는 민주화를 위해 사람들이 제 목숨을 던지거나 미래를 포기하며 싸우던 시대에 읽혔다. 내가 추구하는 가치와 사랑하는 동지들을 위해 나는 살아 있을 필요가 있는 존재다. 그러니 아침저녁으로 되새겨야 한다. 나를 돌보자고, 무엇에든 조심하자고. "그때는 그런 시절이었다. 다른 사람들을 위해 사는 삶이 가장 고귀하고 아름다웠던."(이시영) 그런 시대로부터 떠나오면서 사랑이라는 말의 쓰임새는 공적 영역에서 사적 영역으로 이동했다. 그후 이 시는 강렬한 연애시로 읽힌다. 내가 사랑하는 사람이 나를 원한다니, 나는 그를 위해 내내 온전하지 않으면 안 된다. "사랑의 바보는 난생처음, 제가 세상에서 제일 귀한 존재임을 깨닫는다."(이영광) 이 두 독법은 적절하고 아름답다. 그런데 이 시가 쓰인 맥락을 알고 나면 달리 보이는 대목도 있을 것이다.

이 시는 독일어판 브레히트 전집 14권에 수록돼 있는데, 공적으로 발표된 작품이 아니라, 편지에 적힌 글이 훗날 시로 수습된 경우다. 쓴 사람은 브레히트, 받은 사람은 루트 베를라우다. 루트 베를라우가 읽어주기를 바라며 쓴 시라는 뜻이다. 루트 베를라우는 '브레히트의 공동 집필자이자 연인'이다. 아니, 이렇게 소개할 수는 없다. 짧아서가 아니라 같은 문구로 소개될 사람이 그 말고도 더 있기 때문이다(엘리자베트 하우프트만, 마르가레테 슈테핀 등). 베를라우는 회고록 『브레히트의 연인』을 남겼으니 400쪽이 넘는 그 책을 봐야 한다. 그 뜨거운 책을 읽어보면, 베를라우를 '이기적인 남성 문인에게 재능을 착취당한 여자'로 간주하는 것이 결코 그이의 편에 서서 할 수 있는 말이 아님을 알게 된다. 적어도 그 책 속에는 뜨겁게 살고 사랑하고 쓴 여성이 있다. '자신의 생을 그 찌꺼기까지 남김없이 다 마셔버린'(테니슨, 「오디세우스」) 한 인간이 있을 뿐이다.

덴마크에서 함께 지내던 브레히트와 베를라우는 1937년 7월 파리에서 열린 '제2회 문화수호를 위한 국제작가회의'에 동반 참석했다. 진행중이던 회의 장소가 내전중인 스페인으로 옮겨지자 베를라우는 용감하게 스페인으로 떠났지만 브레히트는 덴마크로 돌아왔다. "그는 폭탄을 싫어했던 것이다."(『브레히트의 연인』) 베를라우는 마드리드에 오래 머무르며 열렬히 활동했다. 국제여단의 대규모 회의에도 참석했고 전선의 전사들도 만났다. 베를라우의 관심은 어려운 상황 속에서도 이념을 위해 헌신하는 이들의 내면을 향해 있었고, 그 곁에 바짝 다가가서 이야기를 얻어왔다. 그러나 베를라우가 덴마크로 돌아왔을 때 브레히트는 화를 냈다.

베를라우가 가져온 이야기는 브레히트가 알고 싶어했던 것이 아니었기 때문이다. 게다가 베를라우는 너무 늦게 왔다. 브레히트는 베를라우를 기다리느라 피로했고, 돌아오지 않는 베를라우에게 편지를 써야 했다. 그는 뭐라고 썼을까. 그것은 사랑한다는 말이 아니었다.

그가 보낸 편지들로 미루어볼 때(흔히 짤막한 메모 정도에 지나지 않았지만) 그가 나를 필요로 하고 있다는 사실이 분명해졌다.

내게 보낸 편지에서 그대는
내가 필요하다고 말했죠.

브레히트가 주로 사용한 말은 '필요하다brauchen'였던 모양이다. '당신을 사랑해요'라고 적어 보내면 '당신이 필요해요'라는 답장을 받게 되던 한 사람을 생각하는 일은 마음을 쓸쓸하게 한다. 베를라우가 쓴 것으로 짐작되는 다른 짧은 시 한 편에는 '약점'이라는 제목이 붙어 있고 거기엔 이런 구절이 적혀 있다. "당신에겐 한 가지도 없었지만 내겐 한 가지 있었지. 그건 내가 사랑했다는 것."(1951. 1. 28.) 이 말이 사실이라면 베를라우는 끝내 브레히트를 온전히 가질 수 없었을 것이다. 상호의존적인 약점이 있을 때 사랑은 성립된다. 상대를 사랑하는 사람과 상대가 필요한 사람은 대등하게 약하지 않다. 전자는 내가 상대방을 위해 무엇을 할 수 있을지 생각하지만, 후자는 상대방이 나에게 무엇을 할 수 있을지를 생각할 것이다. 그 무렵 베를라우가 받은 편지 중 어느 하나에 「아침저녁으로 읽기 위하여」가 적혀 있었다.

> 내가 사랑하는 사람이
>
> 나에게 말했다
>
> "당신이 필요해요"

브레히트가 쓴 시니까 "나"는 그일 거라고 짐작하기 쉽지만 아닌 것이다. "나"는 베를라우이고 "내가 사랑하는 사람"이 브레히트다. 그러니까 브레히트는 지금 베를라우의 위치로 가서, 베를라우의 '나'를 사용하면서, 베를라우가 브레히트를 어떻게 생각하는지 대신 써주고 있다. 더 정확히 말하면, 어떻게 '생각해야' 하는지를 썼다. 베를라우에게 보낸 편지에 적은 시니까 말이다. 이것은 매우 기묘한 방식의 사랑 고백이다. 아니 세뇌인가? '베를라우, 이 시를 아침저녁으로 읽으시오. 그리고 잊지 마시오. 당신은 나를 사랑하고, 나는 당신이 필요하다는 것을.' 사실 독일어 원문엔 이미 단서가 있다. 김남주 시인이 "내가 사랑하는 사람"이라 옮기면서 성별이 지워진 문구는 원래 '내가 사랑하는 남자Der, den Ich liebe'다. 이성애자 남성 시인 브레히트가 어느 여성에게 사랑을 맹세하는 시가 아니라는 것쯤은 이미 드러나 있다는 말이다.

그래서

나는 정신을 차리고

길을 걷는다

빗방울까지도 두려워하면서

그것에 맞아 살해되어서는 안 되겠기에.

브레히트의 이 시를 받아 보고 베를라우는 자신이 할 일이 무엇인지 재확인했을 것이다. 그는 자신을 소중히 여겨야 했다. 브레히트가 나를 원하기 때문이고, 또 그 사실을 내가 한시도 잊지 않기를 원하기 때문이다. 이제 나는 내 것이 아니다. 자신을 사랑하는 일이 자기가 아니라 타인을 위한 일이 됐다. 자신을 사랑하는 것이 '의무'가 되면 자신을 망가뜨릴 '권리'를 박탈당하게 된다. 그렇게 늘 정신을 차려야 했고 빗방울까지 두려워해야 했다면 그 사람은 행복했을까. 이 시를 읽으면 알 수 있다. 베를라우가 브레히트를 사랑했다는 것을. 그러나 브레히트가 베를라우를 사랑했는지는 알 수 없다. 브레히트가 베를라우를 사랑했다 하더라도, 적어도 베를라우가 브레히트를 사랑한 방식과는 달랐을 것이다. 여하튼 이런 식으로 읽으면 이 시는 우리가 알던 그 시가 아니게 된다. 후반부에 감동하는 것이 아니라 전반부에 상처받는 독법이다. 그것은 '당신을 사랑해요'와 '당신이 필요해요'가 다르다는 진실이 주는 상처다.

아직 끝이 아니다. 이 시를 달리 읽는 방법이 하나 더 있다고 나는 주장한다. '상대를 사랑하는 사람'과 '상대가 필요한 사람'이라는 비대칭적 짝이 불행하기만 한 것이 아니라 자연스러울 수 있는 관계가 있기 때문이다. 부모와 자식의 관계가 그렇다. 편의상 아빠와 아들이라고 해볼까. '아빠가 사랑하는 아들'이 아빠에게 말한다. 아빠가 필요해요. 그래서 아빠는 정신을 차리고 길을 걸어야 한다. 빗방울까지도 두려워하면서 말이다. 방금 각색한 버전에서 이치에 맞지 않는 부분은 단 한 군데도 없다. 부모에게 아이는 사랑스럽고, 아이에게는 부모가 필요하다. 최소한 이것은 그 반대의 상황, 즉 부모에게 아이가 필요하고 아이는 부모를 사랑하는 상황보다는 언제나 낫다. 이 시의 먼 원천 중 하나인 셰익스피어의 「소네트 22」에서도 화자는 내가 나를 돌보는 것이 나를 위해서가 아니라 너를 위해서라고 적고 있는데, 그는 곧이어 자신을 유모에 빗댄다.

> 그러니, 아, 내 사랑이여, 그대를 잘 돌보시길.
> 내가 나 위해서 아니라 그대 위해서 그러하듯이.
> 세심한 유모가 자기 아이 다칠까 노심초사하듯
> 나 역시 가슴에 그대 품고 소중히 간직하려니.
>
> —「소네트 22」 부분, 『소네트집』

시의 앞부분에서 화자는 말한다. 그대가 젊은 동안에는 나도 늙을 수 없다고, 그대가 늙어야만 나도 늙을 수 있게 될 것이라고. 화자의 삶은 그대를 사랑하기 위해 존재하기 때문에 내내 그럴 수 있는 사람으로 존재할 의무가 있다는 뜻이다. 그러니 그대는 그대 자신을 위해 그대를 돌보면 되고, 나도 그대를 위해 나를 돌보면 된다. 그러느라 브레히트의 화자가 "두려워하면서" 길을 걸었듯이, 셰익스피어의 화자는 "노심초사하듯" 살아간다. 셰익스피어에게서 브레히트로 이어지는 이 사랑의 태도에 나는 '조심'이라는 이름을 붙인다. '조操'라는 한자는 세 개의 글자로 이루어져 있다. 왼편에는 손이 있고, 오른편 아래에는 나무, 그 위에는 세 개의 입이 있다. 관련 자료를 찾아보면, 물론 그 내용을 전적으로 믿어도 좋을지 모르겠으나, '손으로 나무 위에 있는 새를 잡는' 모양을 따른 글자라고 나온다. 그렇다면 거기에 '심心'을 더한 '조심'의 뜻은 '손으로 새를 쥐는 마음'이 될 것이다. 손으로 새를 쥐다니, 과연 조심하지 않을 수 없을 것이다.

사랑의 조심은 우선 '너'에 대한 조심이다. 나는 물건을 자주 떨어뜨린다. 거기엔 단 한 가지 이유밖에 없다. 꽉 쥐지 않기 때문이다. 그러는 이유도 하나뿐이다. 떨어뜨려도 된다고 생각하는 건 아니지만, 떨어뜨리면 결코 안 된다고 생각하지는 않기 때문이다. 우리가 가진 결함들이 해결되지 않는 이유가 대체로 여기에 있다. 그래서 아이가 태어났을 때 나는 내게 말했다. 제발 손아귀에 힘을 주라고, 이제부터는 결코 그 무엇도 함부로 놓쳐선 안 된다고. 물론 아이를 꽉 쥘 순 없다. 조심스럽게, 손으로 새를 쥐듯이, 놓치지 않을 만큼만. 그러나 이건 누구나 아는 얘기다. 다시 말하지만, 시인에게서 내가 배운 것은 '나'에 대한 조심이다. 아이가 태어나면 부모는 (아이만이 아니라) 자기 자신도 새처럼 다뤄야 한다. 새를 손으로 쥐는 일은, 내 손으로 새를 보호하는 일이면서, 내 손으로부터 새를 보호하는 일이기도 하다. 내가 내 삶을 지켜야 하고 나로부터도 내 삶을 지켜야 한다. 이것은 결국 아이의 삶을 보호하는 일이다. 아이를 보호할 사람을 보호하는 일이므로. 자신을 사랑하지 않는 부모는 아이에게 가해자가 되고 말 것이다.

이제 네 이야기를 너에게 할게. 그러니까 네가 태어났을 때 내가 나를 무섭게 노려보며 경고했다는 이야기. 조심하라고, 네가 나를 필요하다 느끼는 마지막날까지 나는 살아 있어야 한다고. 나는 너를 사랑하고 너는 내가 필요하다. 그 반대는 성립하지 않을 것이다. 네가 나에 대한 네 마음을 사랑이라고 부를 수도 있겠지만 어떻게 불리건 그게 내가 너에게 느끼는 감정과는 다를 것이다. 나는 누군가의 자식으로 45년을 살았고 누군가의 아버지로 아홉 달을 살았을 뿐이지만, 그 아홉 달 만에 둘의 차이를 깨달았다. 너로 인해 그것을 알게 됐으니, 그것으로 네가 나를 위해 할 일은 끝났다. 사랑은 내가 할 테니 너는 나를 사용하렴. 나에게는 아버지가 없었지. 그래서 내 어머니는 두 사람 몫을 하느라 죽지도 못했어. 너의 할머니처럼, 나는 조심할 것이다. 아침저녁으로 각오할 것이다. 빗방울조차도 두려워할 것이다. 그러므로 나는 죽지 않을게. 죽어도 죽지 않을게.

⁝ 베를라우는 해당 편지를 분실했고 「아침저녁으로 읽기 위하여」는 그가 기억에 의지해 재구성한 것이다. 이 사실을 원광대 명예교수 이승진 선생님께 여쭈어 알게 됐다. 이 자리를 빌려 감사드린다.

1부

고통의 각

가장 오래된 인생의 낯익음

공무도하가 公無渡河歌

백수광부白首狂夫의 아내

임이여 물을 건너지 마오.

임은 결국 물을 건너시네.

물에 빠져 죽었으니,

장차 임을 어이할꼬.

「공무도하가」로 시작하는 것은 이것이 우리 최고最古의 노래여서만은 아니다. 가장 오래된 인생과 그 고통이 여기에 있기 때문이다. 배경 설화는 잘 알려져 있다. 조동일의 『한국문학통사』 1권의 해당 부분을 옮긴다. "조선에 곽리자고霍里子高라는 뱃사공이 있었다. 어느 날 새벽에 배를 손질하고 있노라니, 머리가 새하얀 미치광이 사나이가 머리를 풀어헤친 채 술병을 끼고 비틀거리면서 강물을 건너는 것이었다. 아내가 따라오면서 말려도 듣지 않고, 마침내 물에 빠져 죽었다. 그 아내는 '공무도하公無渡河'라는 사연의 노래를 지어 불렀는데 그 소리가 아주 슬펐다. 노래를 다 부르자, 아내도 빠져 죽었다. 사공은 돌아와 자기 아내 여옥麗玉에게 그 이야기를 하고 여옥이 그 노래를 다시 불렀다."

고조선 시대의 일로 추정되는 이 사건은 우리보다 먼저 중국에서 진晉나라 때 최표崔豹에 의해 『고금주古今注』에 기록됐고, 이후 실학자 한치윤의 『해동역사海東繹史』에 설화와 가사가 함께 옮겨져 우리 문학으로 인정받기 시작했다. 노랫말은 다양하게 번역돼 왔는데, 대체로 죽음을 말리는 애원이거나 죽음 앞에서의 절망이다. "그대여, 저 물 건너지 마오. 그대 기어이 저 물 건너다가 물에 빠져서 죽고 말면 나는 어찌하라고, 그대여."(김대행) 이것은 사건 이전의 애원이다. "님더러 물 건너지 말래도, 님은 건너고 말았네. 물에 빠져서 죽었으니, 님이여 어찌하리오."(조동일) 이것은 사건 이후의 절망이다.

배경 설화에서 흥미로운 점은 이 짧은 노래의 탄생 및 전파에 연루된 사람이 최소 넷이나 된다는 것이다. 강으로 뛰어든 사내가 있다. (범상치 않은 행색과 광태에 가까운 행위를 증거 삼아 몰락한 샤먼이라 주장하는 견해가 있고, 술병을 지참했다는 점에 주목하여 디오니소스에 준하는 주신酒神으로 보는 견해도 있다.) 그리고 그를 말리다가 실패하고 뒤따라 죽은 여자가 있다. 여기에 더해, 목격한 바를 아내에게 말해 소재를 제공한 남자가 있고, 그것을 곡조로 재현한 예술가가 있다. 이 노래가 품고 있는 인생의 비밀들을 놓치지 않으려면 네 사람 모두의 내면을 다 살펴야 하리라.

그러기 전에 첫 두 구절에 주목하려 한다. "공무도하"와 "공경도하"가 이루는 대구對句에는 긴장이 있다. 두 구절에서 다른 것은 한 글자뿐이니까, 긴장은 결국 '무無'와 '경竟'의 대립에서 나온다. '무'는 여기서는 '없음'이 아니라 '없어야 함'이다. 어떤 일을 행하지 말아달라는 간곡한 요청이 이 글자에 담겨 있다. '경'은 '마침내' 혹은 '드디어'를 뜻하니, 이는 어떤 일이 결국 벌어지고 말았다는 사실을 지시한다. 요컨대 이 노래는 간절한 '무'를 냉혹한 '경'이 무너뜨리는 구조로 돼 있다. 인생에는 막으려는 힘과 일어나려는 힘이 있다는 것. 아무리 막아도, 일어날 어떤 일은 일어난다는 것.

먼저 백수광부에게 그렇다. 물에 뛰어든 백수광부를 무당이나 주신으로 보는 연구들에는 합당한 논거가 있겠으나, 그렇게 보면 이 작품은 문헌이 될지언정 시가 되지는 않는다. '광부狂夫', 즉 미친 사람이라 했으니, 그렇게 보는 편이 좋을 것이다. 나는 그를 상상한다. 삶이 힘들어 자주 강가에 서 있고는 했을 것이다. 극단적인 선택을 생각하다가도 이내 고개를 저었을 것이다. 미치지 않고서는 견딜 수 없었으므로 미쳐서라도 견뎠을 것이다. 더는 견딜 수 없게 된 날, 그가 술기운을 빌려 투신하던 그 순간에도, 그는 자기를 말려달라고 속으로 외쳤을지 모른다. 내가 내 뜻대로 되지 않았을 것이다.

백수광부의 처는 어땠을까. 나는 그녀를 상상한다. 남편이 취할 때마다 그를 쫓아 강가로 달려나간 적이 여러 번이었을 것이다. 그녀의 간절한 만류로 막아온 죽음이었으나 그날의 그를 말릴 수는 없었다. 일어날 일은 일어나는 것이었다. 그때 웬 노래였을까. 그가 물속으로 막 들어갔을 때만 해도 돌아오라는 절규였을 말들이 그가 물속에 잠기는 순간 인사불성의 노래로 바뀌기 시작했으리라. 에우리디케를 잃은 오르페우스 같았을 것이다. 네가 내 뜻대로 되지 않는 것이었다. 여기서 너란 남편이기도 하지만 삶 그 자체이기도 할 것이었다. 이제 그녀 앞에는, 뜻대로 안 되는 삶 대신, 뜻대로 되는 죽음만이 남아 있었다.

그들 곁에 또 한 사람이 있었다. 나는 계속 상상한다. 두 사람이 잇달아 강물에 휩쓸려 죽는 장면을 옆에서 지켜보는 일이 쉽지는 않았을 것이다. 곽리자고는 거대한 무력감과 허무함 속에서 귀가했을 것이다. 그날 밤 그는 자신이 낮에 목격한 두 건의 죽음을 아내에게 설명하면서, 뒤따라 죽은 여인의 마지막 노래를 들었노라 말한다. 남편이 어설프게 복원했을 노래를 여옥은 온전하게 되살려냈다. 그녀가 백수광부 처의 고통을 이해할 수 있었기 때문이었을 것이다. 뜻대로 되지 않는 인생에 대해 노래했으리라. 남일 같지 않은 어느 부부의 죽음을 생각하느라 그들은 늦게까지 잠들지 못했을 것이다.

그 밤으로부터 수천 년이 흘렀다. 이상은은 〈공무도하가〉를 불렀고 김훈은 『공무도하』를 썼고 진모영은 〈님아, 그 강을 건너지 마오〉를 찍었다. 이유야 다르겠지만 그들에게도 「공무도하가」는 각별하다는 뜻이다. 상고시가上古詩歌로 함께 묶이는 「구지가」나 「황조가」와는 달리 「공무도하가」만이 언제나 나를 사무치게 한다. '나는 내 뜻대로 안 된다. 너도 내 뜻대로 안 된다. 그러므로 인생은 우리 뜻대로 안 된다.' 이런 생각을 할 때 나는 수천 년 전의 그들과 별로 다르지 않아서 들어본 적 없는 그 먼 노래가 환청처럼 들린다. 나는 백수광부다. 나는 그의 아내다. 나는 곽리자고다. 나는 여옥이다. 나는 인생이다.

무죄한 이들의
고통에 대하여

욥의 마지막 말

주님, 내가 주님께 부르짖어도,

주님께서는 내게 응답하지 않으십니다.

내가 주님께 기도해도,

주님께서는 들은 체도 않으십니다.

주님께서는 내게 너무 잔인하십니다.

힘이 세신 주님께서, 힘이 없는 나를 핍박하십니다.

나를 들어올려서 바람에 불려가게 하시며,

태풍에 휩쓸려서 흔적도 없이 사라지게 하십니다.

나는 잘 알고 있습니다.

주님께서는 나를 죽음으로 몰아넣고 계십니다.

끝내 나를 살아 있는 모든 사람들이 다 함께 만나는

그 죽음의 집으로 돌아가게 하십니다.

주님께서는 어찌하여

망할 수밖에 없는 연약한 이 몸을 치십니까?

기껏 하나님의 자비나 빌어야 하는 것밖에는

아무것도 할 수 없는 보잘것없는 이 몸을,

어찌하여 그렇게 세게 치십니까?

고난받는 사람을 보면, 함께 울었다.

궁핍한 사람을 보면, 나도 함께 마음 아파하였다.

내가 바라던 행복은 오지 않고 화가 들이닥쳤구나.

빛을 바랐더니 어둠이 밀어닥쳤다.

근심과 고통으로 마음이 갈기갈기 찢어지고,

하루도 고통스럽지 않은 날이 없이 지금까지 살아왔다.

햇빛도 비치지 않는 그늘진 곳으로만 침울하게 돌아다니다가,

사람들이 모여 있는 곳에 이르면

도와달라고 애걸이나 하는 신세가 되고 말았다.

나는 이제 이리의 형제가 되고 타조의 친구가 되어버렸는가?

내가 내 목소리를 들어보아도, 내 목소리는 구슬프고 외롭다.

살갗은 검게 타서 벗겨지고,

뼈는 열을 받아서 타버렸다.

수금 소리는 통곡으로 바뀌고,

피리 소리는 애곡으로 바뀌었다.

: 대한성서공회, 표준새번역 개정판 『욥기』, 30장 20~31절

『욥기』는 시다. 기독교의 신을 믿지 않는 사람에게도 구약성경은 고대 히브리 민중이 창작한 문학작품으로서의 가치를 갖지만, 특히 『욥기』는 구약성경 중에서 시가서로 분류되는 작품 중 하나로 대부분이 운문으로 씌어 있는, 말 그대로 시다. 그러나 현대의 한국어 사용자가 한국어판 『욥기』를 읽고 이 작품의 문학성을 표현의 층위에서 실감하기는 어렵다. 『욥기』가 여전히 위대한 것은 이 작품이 던지는 질문의 그 끈질긴 깊이 때문이라고 해야 할 것이다. 잘 알려진 대로 그 질문은 '무죄한 인간의 고통'에 관한 것이다.

'왜 죄 없는 사람이 고통받는가? 그러므로 신은 없거나, 있어도 무능하다.' 예나 지금이나 이와 같은 의문과 울분 속에서 자주 무너져내리는 것이 인간의 삶이다. 왜 죄 없는 학생들이 바닷속으로 가라앉아야 하고, 왜 갓 태어난 아이들이 살균제를 들이마시며 죽어가야 하는가. 욥이 유사한 질문을 던진 것은 지금으로부터 3천 년 전이다. 욥의 충심을 테스트해보자는 사탄의 제안에 응해 신은 욥에게 두 단계의 재앙을 내린다. 열 명의 자식이 모두 죽었어도 욥은 통곡하며 순종했다. 그러나 저주받은 육체가 발진으로 뒤덮이자 유릿조각으로 온몸을 긁으며 욥은 절규한다. 나에게 무슨 죄가 있느냐고, 왜 나에게 이런 고통을 주느냐고.

소식을 듣고 친구들이 찾아온다. 세 친구의 산만한 중언부언은 두 개의 명제로 요약된다. 첫째, 하느님은 죄 없는 자를 처벌하지 않는다(즉, 너에게도 죄가 있음에 틀림없다). 둘째, 비록 죄인이라도 신께 복종하면 용서받는다(그러니 불경스러운 저항을 중단하라). 예나 지금이나 가장 천박한 수준에서 기독교를 받아들이는 이들은 원시적 인과론에 기대 타인의 고통을 신의 응징이라 말하는데 거리낌이 없는데 친구라는 이들의 말이 그와 별반 다를 바 없다. 이에 대해 욥은 첫번째 명제는 바로 자신의 사례로 무너졌다고 선언하고, 두번째 명제와 관련해서는 죽음을 각오하고 끝까지 가보겠다고 답한다. 욥의 저항은 태만한 신앙인들과 부조리한 신 모두를 향해 있다.

앞에서 인용한 대목은 세 친구와의 논전이 모두 끝나고 이루어지는 욥의 최후진술(27~31장) 중에 나온다. 전반부에서 욥은 신을 향해 직접 말한다. "주님께서는 내게 너무 잔인하십니다." 절대자 앞에서 한없이 무력한 인간의 모습이 바람에 흩날리다가 태풍 속으로 사라져버리는 티끌처럼 묘사돼 있다. 후반부에서 욥은 보이지 않는 배심원들을 향해 신의 직무 수행이 공정하지 않음을 고발한다. 이 작품의 다른 대목(24장)에서도 악한 자를 제때 응징하지 않고 그들의 부귀영화를 방조하는 신의 직무유기를 비판하는 대목이 나오는데, 여기서 욥은 선을 추구해온 제 삶의 이력을 조목조목 복기하며 신의 업무 착오가 얼마나 치명적인지 항변한다.

친구들의 감정 없는 훈계에 욥이 전혀 설득되지 않자 논전을 지켜보던 청년 엘리후가 새로운 논객으로 등장하여 일갈한다. 당신이 감히 신과 시시비비를 가리겠다는 태도가 상황을 더 악화시키고 있으니 절대자의 뜻을 이해할 수 없는 인간의 위치를 겸허히 자각하라고, 또 신이 응답하지 않는다고 당신은 불평하지만 신은 언제나 말하고 있는데 인간이 알아듣지 못할 뿐이며 바로 당신의 고통 자체에 신의 전언이 담겨 있다고 말이다. 친구들은 처벌이자 결론으로서의 고통을 말했고, 엘리후는 전언이자 과정으로서의 고통을 말했다. 확실히 다르다고 할 수 있지만, 엘리후에게도 역시 눈앞의 고통에 감응하기보다는 신을 정당화하는 일이 더 중요해 보인다.

엘리후의 말이 끝나자 신이 등장한다. 그러나 신은 엘리후가 예상한 대로 한낱 인간과 시시비비를 가릴 생각이 없다. 여기서 신은 질문하는 주체이지 대답하는 주체가 아니다. 그래서 미처 대답할 겨를도 주지 않고 욥이 '알 수 있는 것'과 '할 수 있는 것'에 대해 집요하게 묻고 또 묻는다. 그것으로 인간의 무지와 무능을 다시 확증하고 자신의 절대적 권위를 수차례 강조하여 결국 욥의 굴복을 이끌어낸다. 침묵하던 욥의 처음이자 마지막 말이 이렇다. "주님이 어떤 분이시라는 것을, 지금까지는 제가 귀로만 들었습니다. 그러나 이제는 제가 제 눈으로 주님을 뵙습니다. 그러므로 저

는 제 주장을 거두어들이고, 티끌과 잿더미 위에 앉아서 회개합니다."(42장 5~6절)

죄 없는 인간에게 저주를 내리고 이에 저항하는 인간을 굴복시켜 결국 다시 자신을 인정하게 만드는 이 가학적인 신의 잔인한 게임을 어떻게 받아들여야 하는가. 슬라보예 지젝은 『죽은 신을 위하여』에서 신의 일방적인 발언을 이렇게 냉소한다. "쩌렁쩌렁 울리는 신의 말 때문에 욥의 침묵, 욥의 묵묵부답이 더욱 잘 들린다." 그리고 다음과 같이 평결한다. "신은 정의롭지도 불의하지도 않다. 다만 무능할 뿐이다." 그는 『욥기』가 욥의 질문에 대답하는 데 실패했다고, 그러므로 『욥기』로부터 욥의 위대한 질문을 분리해내야 한다고 말한다. 우리는 그럴 수도 있을 것이다. 그러나 정작 욥 자신은 그럴 생각이 없어 보이지 않는가.

그는 그저 신이 나타나주기만을 기다렸고 그리되었으니 됐다는 듯이 행동한다. 왜일까. 나는 신학자가 아니어서 신학적 정답을 알지 못하며 다만 침묵할 때의 욥의 마음을 겨우 짐작해볼 따름이다. 욥은 자신에게 닥친 불행 때문에 고통스럽기도 하지만, 그 불행의 이유를 알 수 없기 때문에 더욱 고통스럽다. 인간은 자신의 불행에 아무런 의미가 없다는 사실을 견디느니 차라리 어떻게든 의미를 찾으려 헤매는 길을 택하기도 한다. 내 아이가 어처구니없는 확률(우연)의 결과로 죽었다는 사실이 초래하는 숨막히는 허무를 감당하기보다는, 차라리 이 모든 일에 내가 이해할 수 없는 어떤 거대한 섭리가 존재한다고 믿는 편이 살아 있는 자를 겨우 숨쉬

게 할 수 있다면?

신은 그때 비로소 탄생하는 것일지도 모른다. 신이 존재하지 않는다는 것을 강력히 입증하는 증거 앞에서 오히려 신이 발명되고야 마는 역설. 가장 끔찍한 고통을 겪은 인간이 오히려 신 앞에 무릎을 꿇기를 선택하는 아이러니. 그럴 수밖에 없었던 마음들이 얼마나 많았을까. 나는 이유도 모른 채 아이를 잃은 부모가 갑자기 독실한 신앙인이 된다 해도 놀라지 않을 것 같다. 무신론자에게 신을 받아들이는 일이란 곧 사유와 의지의 패배를 뜻할 뿐이지만, 고통의 무의미를 견딜 수 없어 신을 발명한 이들을 누가 감히 '패배한' 사람들이라 말할 수 있을 것인가. 그들이 신을 발명하기 전에 먼저 인간이 인간을 구원할 생각이 없다면 말이다.

언제나 진실한 것은
오직 고통뿐

내 삶은 폐쇄되기 전에 두 번 닫혔다

에밀리 디킨슨

내 삶은 폐쇄되기 전에 두 번 닫혔다.

그러나 두고 볼 일.

불멸이 나에게

세번째 사건을 보여줄지는.

내게 닥친 두 번의 일들처럼

너무 거대하고, 생각할 수조차 없을 정도로 절망적일지는.

이별은 우리가 천국에 대해 아는 모든 것.

그리고 지옥이 필요로 하는 모든 것.

크나큰 고통을 겪고 나면, 형식적인 감정들이 온다

크나큰 고통을 겪고 나면, 형식적인 감정들이 온다.
신경은, 마치 무덤에서처럼, 의식儀式을 치르듯 가라앉고
뻣뻣한 심장은 묻는다. '견뎌낸 게 그인가요?
어제인가요 아니면 수천 년 전 일인가요?'

발은, 기계적으로, 돌고 돈다.
마치 나무인 양
굳어진 발길이
땅, 하늘, 혹은 그 어디로 향하건
돌덩어리 같은, 석영石英의 만족에 이른다.

이것은 납덩어리의 시간.
고통에서 살아남으면, 되돌아볼 테지.
얼어가는 사람이 눈을 생각하듯이.
처음에는 냉기, 다음에는 혼미, 그러고는 방기.

: Thomas H. Johnson, ed., *Complete Poems of Emily Dickinson*, Harvard University Press, 1955

2016년 2월 18일에 작고한 일본의 소설가 쓰시마 유코는 1980년대에 9살짜리 어린 아들을 먼저 보낸 후 쓴 「슬픔에 대하여」(한국어판 소설선집 『묵시』에 수록)에서 이렇게 적고 있다. "일반적으로 말하는 슬픔이란 스스로를 가여워하는 감정을 의미하는 것일까. 하지만 스스로를 가여워하기 위해서는 우선 스스로를 용서해야 한다. 스스로를 용서하기 힘든 사람은 쉽게 슬퍼할 수도 없다." 세상은 '자식 잃은 엄마'를 "슬픔의 상징"으로 생각하나, 정작 그녀는 충격과 분노, 무력감과 굴욕감 등에 시달리며 내내 울었을 뿐, 그런 감정과는 다른 '슬픔'이라는 것이 무엇인지 모르겠다고 말한다. 그렇구나. 그렇다는 것을 나는 몰랐다.

나는 모르는 것이 너무 많지만 어쩌자고 이런 것까지 모르는가. 왜 학교에서는 '슬픔학學'을 가르치지 않는가. 혼자 공부하다보면 언젠가는 이런 벽에 부딪힌다. 예컨대, 자식을 먼저 떠나보내는 슬픔이 무엇인지 아는 사람은 자식을 먼저 떠나보낸 사람뿐이다, 라는 벽. 내가 지금 아는 것은 지금 알 수 있는 것들뿐이어서, 내가 아는 슬픔은 내가 느낀 슬픔뿐이다. 그러므로 아무것도 할 필요가 없다는 말이 아니다. 그렇게 부딪힌 그 불가능의 자리에서 진짜 노력을 시작해야 한다는 뜻이다. 이것이 타인의 슬픔에 대한 공부다. 이 분야의 열등생으로서 『슬픔을 공부하는 슬픔』을 펴내기도 했지만, 갈 길은 여전히 멀다. 영원히 알 수 없다면, 영원히 공부해야 한다.

미국 시사詩史에서 포와 휘트먼 다음이 에밀리 디킨슨이다. 슬픔을 공부하려는 사람은 반드시 읽어야 할 시인이라고 생각한다. 사랑했던 사람들을 떠나보낸 뒤로 그는 평생을 은둔했다. 1,800편에 이르는 시를 썼으나 그중 열 편 정도를 제외하고는 발표하지 않았다. 디킨슨의 시를 읽으면 이 사람은 슬픔이 무엇인지 잘 알고 있다는 느낌을 받게 된다. 슬픔의 어떤 깊은 곳까지 이 사람만은 걸어들어갔구나 싶어진다. "고통스러운 표정이 나는 좋다. 그게 진실하다는 것을 알기 때문이다." 이 세상에서 언제나 진실한 것은 오직 고통뿐이라는 것. 고통이 무엇인지 아는 사람이 아니면 이런 문장을 쓸 수 없을 것이다.

그의 시에서 내가 느끼는 것은 '슬픔에 대한 자신감'이다. 슬픔에 대한 자신감이라니, 어쩌다 이런 것이 생기는가. 첫번째 시로 맥락을 짐작해볼 수 있다. "내 삶은 폐쇄되기 전에 두 번 닫혔다." 두 번의 결정적인 사건(누군가의 죽음)이 있었고, 그 사건이 디킨슨의 내면을 두 번 죽인 것이다. 살아 있지만 이미 죽은, 그것도 두 번이나 죽은 사람. 그런 그가 담담히 말을 잇는다. 두고 볼 일이라고, 세번째 죽음이 없으란 법 없으니. 원문에서 대문자로 쓰인 "불멸Immortality"은 단적으로 말하면 신이겠고, 슬픔을 공급하는 일을 멈추지 않는 인생의 다른 이름이기도 할 것이다. 이길 수 없는 불멸의 적수 앞에서 그는 피투성이가 되어 억지 미소를 짓는다.

인생에 맞서는 한 가지 방법은 가장 비관적인 아포리즘으로 인생을 요약하는 것이다. 어떤 공격이 들어와도 그것이 이미 예상했던 것이 되도록 만들기 위해서. 그래서 그는 적었다. "이별은 우리가 천국에 대해 아는 모든 것. 그리고 지옥이 필요로 하는 모든 것." 이것은 세간의 기독교적 관념에 대한 도도한 반론이다. "천국"이라는 말은 그를 위로하지 못한다. 사랑하는 사람이 천국으로 간다는 말은 단지 그 사람이 나를 떠난다는 것만을 의미할 뿐이기에. 그리고 "지옥"이 창조되기 위해서도 단테가 상상한 총 아홉 개의 구역 따위는 필요 없다. 사랑하는 이가 세상을 뜨기만 하면 지금 여기가 지옥이므로.

그 지옥에서 빠져나올 수 있을까? 빠져나오는 게 아니라 익숙해지는 것이다. 두번째 시가 그 과정을 보여준다. "크나큰 고통을 겪고 나면, 형식적인 감정들이 온다." 감정이 없는 것이 아니다. 있지만 "형식적인formal" 것이 된다. 죽은 것도 산 것도 아니기 때문이다. 신경이 무뎌지는 탓에 육체적 반응은 무덤에서 의식을 치르듯 느려진다. 심장은 뻣뻣해져서 이런 이상한 질문을 던진다. "견뎌낸 게 그인가요? 어제인가요 아니면 수천 년 전 일인가요?" 대문자로 표기된 '그He'를 예수로 읽는 해석들이 옳다면, 디킨슨은 예수의 고통과 자신의 그것을 헷갈려하고 있는 것이다. 나는 누구이며 지금은 언제란 말인가.

2연은 화자의 산책을 따라간다. "기계적인" 혹은 "나무인 양"과 같은 표현들이 그의 경로와 보폭을 설명한다. 그는 자신이 땅을 걷는지 하늘을 걷는지조차 모른다. 놀라운 것은 이 산책의 끝에 "석영의 만족quartz contentment"이 있다는 것이다. 결정화되면 수정水晶이 되는 광물이 석영이다. 이 아픈 시간이 어째서 광물과도 같은 만족으로 이어질 수 있는가. 다양한 해석이 있으나 나는 반어로 읽지 않을 수가 없다. 이제는 지옥에 익숙해져 절규도 통곡도 잊은, 그 기묘한 평정 상태, 그래서 이생에 아무런 불만도 없어 보이는 "돌덩어리" 같은 한 사람. 그래서 그는 만족한 사람처럼 보일지도 모른다. 그러나 이것은 그만큼 거대한 고통이 그를 관통했다는 말과 다르지 않다.

그렇게 살아가는(죽어가는) 사람이 있을 것이다. 그는 이제 자신의 존재가 고통이 남긴 흉터일 뿐이라고 생각한다. 새살이 돋은 곳에는 감각이 없는 법이고, 그래서 새살은 자신과 세상에 아무 불만이 없는 것처럼 보이기도 할 것이다. 그러나 그것을 보면서 그가 이제는 어느 정도 만족하는 삶을 살게 됐다고 넘겨짚는다면 그것은 무신경한 일이다. 지옥에 익숙해지기 위해 어떤 과정을 거쳐야 하는지 모르고 한 말일 것이기 때문이다. 디킨슨에 따르면 그것은 눈밭 위에서 죽어가는 일과 비슷하다. "냉기chill"를 느끼다가, "혼미stupor"를 경험하고, 마침내 "방기letting go"해버리는 것. 이러고서도 살 수 있는가? 그랬기 때문에 살아남은 것이다.

다른 시에서 디킨슨은 "영혼은 그 자신의 사회society를 선택한다, 그러고는 문을 닫아버린다"라고 썼다. 그리고 그는 그렇게 했다. (문맥상 '사회'라기보다는 '교제의 대상' 정도를 뜻하는 말이지만 나는 그의 사회 속 고립을 강조하기 위해 의도적으로 오역했다.) 어떻게 그는 자기 자신을, 자기 자신만의 힘으로 견뎌낼 수 있었을까. "내가 한 사람의 심장이 부서지는 것을 막을 수 있다면, 내 삶은 헛된 것이 아니리." 이렇게 말해놓고 왜 자기의 심장이 부서지는 것을 막기 위해서는 남에게 의지하지 않았을까. 나는 알지 못한다. 다만, 자기 자신을 자기 자신만의 힘으로 견뎌낸 사람, 그런 사람만이 밟을 수 있는 장소가 시의 영토에는 있는지도 모르겠다고 생각해볼 따름이다. 가장 처절한 이야기를 할 때에도 이상하리만치 당당함을 잃지 않는 그의 시가 내 앞에 있으므로.

: 시를 번역할 때 결정적인 조언을 해주신 성균관대학교 영어영문학과 손혜숙 선생님께 감사드린다.

왜 모든 강간은
두 번 일어날 수 있는가

강간

에이드리언 리치

밤 사냥꾼이면서 아버지이기도 한, 어느 경찰이 있다.

그는 당신과 같은 동네 출신이고 당신의 남자형제들과 자랐으며

어떤 이상理想도 갖고 있다.

부츠를 신고 은銀 배지를 달고 말 위에서 한 손으로 총을 만질 때의

그는

당신이 잘 알지 못하는 사람이다.

당신은 그를 잘 알지 못하지만 그를 알게 되어야만 한다.

그는 당신을 죽일 수도 있는 기구에 접근 가능한 사람.

그와 그의 종마種馬가 군벌軍閥들처럼 쓰레기 사이를 어슬렁댄다.

그의 이상이 공중에 서 있다.

웃음기 없는 입술 사이에서 생겨난, 얼어붙은 구름.

그리하여, 때가 되면, 당신은 그에게 의지해야 한다.

미치광이의 정액이 아직도 허벅지에 끈적이고

정신은 실성한 듯 빙빙 도는데.

당신은 그에게 자백을 해야만 한다, 당신은

당신이 당한 그 범죄에 대해 유죄이므로.

그리고 당신은 그의 푸른 눈이, 당신이 알고 지내온 그 모든 가족들의 푸른 눈이

가늘어지면서 번들거리는 것을 본다.

그의 손이 세부사항들을 타이핑한다.

그는 그 모든 것들을 원한다.

그러나 무엇보다도 그를 기쁘게 하는 것은 당신 음성에 실린 격렬한 흥분.

당신은 그를 잘 알지 못하지만, 그는 이제 당신을 안다고 여긴다.

그는 당신의 최악의 순간을 타이프라이터로 적어내렸고

그것을 서류철에 넣어 보관했다.

그는 안다, 혹은 안다고 여긴다, 당신이 얼마나 많이 상상했는지를.

그는 안다, 혹은 안다고 여긴다, 당신이 무엇을 은밀히 소망했는지를.

그는 당신을 처넣을 수도 있는 기구에 접근 가능한 사람.

만약, 경찰서의 그 역겨운 불빛 속에서

만약, 경찰서의 그 역겨운 불빛 속에서

당신이 말하는 세부사항들이 고해신부의 초상을 그려내는 것처럼 들린다면

당신은 삼킬 것인가, 모두 부정할 것인가, 거짓말을 하며 집으로 돌아갈 것인가?

⁝ *Diving into the Wreck*, W. W. Norton&Company, 1973

2012년 3월에 에이드리언 리치가 82세의 나이로 타계했을 때 한국에서 그의 죽음을 알리는 기사를 쓴 매체는 거의 없었다. 현재 검색되는 것은 다음 내용을 포함하고 있는 여성신문의 기사뿐이다. "리치는 미국 여성운동에 있어서 가장 강력하고 영향력 있는 작가 중 한 명으로 꼽히는 인물이다. 1960년대와 70년대 여성의 권리를 대변하는 다수의 시와 산문을 발표해 여성운동가들에게 영감을 주었으며, 1970년대 대학들이 여성학과를 개설한 후엔 가장 많이 읽힌 작가가 됐다." 그러나 한국에서 에이드리언 리치는, 훌륭하게 번역된 시선집 『문턱 너머 저편』이 나온 지도 수년이 지났지만, 아직 학계 바깥의 독자들을 충분히 만나지 못하고 있는 것 같다.

1960년대 여성운동에 참여하면서 레즈비언 성정체성을 깨닫고 남편과 결별한 후 리치의 삶은 새로운 국면으로 진입하는데, 이와 더불어 그의 문학도 독자적인 깊이를 얻어가기 시작했다. 그 시기를 대표하는 시집 『난파선 속으로 잠수하기』는 20여 권에 이르는 리치의 시집 중에서도 특히 중요한 것으로 평가된다. 이 시집으로 그가 1974년에 전미도서협회상을 수상한 것은 특별한 이유로 인상적인데, 애초 수상을 거부하려던 그는, 함께 후보에 오른 동료 여성 시인들과 공동 명의로 "가부장적 세계에서 그 목소리를 무시당해왔고 여전히 무시당하고 있는 모든 여성의 이름으로" 상을 받겠다는 소감을 발표하고, 상을 수락했다. 「강간」이라는 시가 이 시집에 수록돼 있다.

이 시의 화자는 사건의 관찰자이자 해석자다. 첫 행에서 '경찰'을 소개할 때 시인은 대조적인 두 단어를 함께 사용해서 그의 이중성을 암시한다. 그는 제 자식에게는 '아빠father'이지만, 다른 여성들에게는 폭력성을 감추고 있는 '남성prowler'이기도 하다. ('prowler'는 심야에 거리를 배회하며 절도를 하고 위해를 가하는 이를 뜻하는데, 한국어판 시선집 『문턱 너머 저편』의 역자는 "먹이를 찾아 헤매 다니는 사냥꾼"이라 풀어 옮겼고, 나는 궁여지책으로 '밤 사냥꾼'이라 했다.) 같은 동네 주민이자 오빠/남동생과 함께 자란 사람인데도 '당신'이 그 경찰을 '잘 알지 못한다'고 말할 수밖에 없는 것은 그 이중성 때문이다. 그때 화자가 스스로 불길하게 예언한다. 언젠가 그를 잘 알게 되리라고.

불행하게도 "때"가 왔다. 당신은 어딘가에서 누군가에게 강간을 당했다. 알지만 안다고 말하기 어려운 그 남자가 근무하는 경찰서에 가지 않을 수 없다. 당신이 해야 할 일은 끔찍한 범죄가 일어났다는 사실을 그에게 알리고 즉각적인 보호를 받는 것이다. 그러나 실제로 벌어지는 일은 그게 아니다. "당신은 그에게 자백을 해야만 한다." 자백은 죄를 지은 사람이 하는 것이다. 왜 피해자인 당신이 그것을 하고 있는가. 이 기괴한 상황의 아이러니를 리치는 역설의 수사학으로 적발해낸다. "당신은 당신이 당한 그 범죄에 대해 유죄이므로."

어떤 말의 종류는 그것을 듣는 사람에 의해 결정될 수 있다. 그의 눈이 "가늘어지면서 번들거리는" 것은 그가 당신의 말을 믿지 않기 때문이다. 당신이 느낀 게 고통이 아니라 쾌락이었던 것은 아닌지 의심하기 때문이다. 그래서 그는 사건의 "세부사항"을 듣기 원하고 그것을 포르노그래피처럼 즐긴다. 당신의 고통이 초래한 "격렬한 흥분hysteria"조차 그의 쾌락을 위해 소비될 때, 어느새 당신은 무고誣告를 행하는 자가 되어 있다. 무고가 아님을 증명해야 할 책임은 이제 당신에게 있고, 당신은 자신의 고통이 진실한 것임을 필사적으로 주장해야 한다. 그러나 당신은 ("그 모든 가족들"을 포함한) 이웃들의 눈이 경찰의 눈을 닮아갈 것임을 예감하며 심리적으로 고립된다.

다음 대구가 이 상황을 요약한다. "당신은 그를 잘 알지 못하지만, 그는 이제 당신을 안다고 여긴다." 당신이 강간을 "은밀히 소망"하고 "많이 상상"해왔다고 결론지은 그는 이제 당신에 대해 더 알아야 할 것이 없다. 타인을 '안다고 여기는' 태도는 언제나 위험한 것이지만 이런 특수한 상황에서는 완전한 폭력이다. 이런 폭력은 '말하는 자'가 아니라 '듣는 자'에게 권력이 있을 때 발생한다. 당신을 "죽일 수도 있는" 혹은 "처넣을 수도 있는" 기구machinery

에 접근할 수 있는 권력이 그에게는 있다. 이를테면 당신은 무고죄로 감옥에 갈 수도, 정신이상자로 병원에 넣어질 수도 있는 것이다.

피해자가 어느새 피의자가 됐다. 실제로도 빈번한 일이었다. 이 시에서 리치는 여러 사례 중 하나를 소개한 것이 아니라 모든 사례의 공통 구조를 추출해낸 것이다. 이 시가 수록된 시집이 출간된 것은 1973년이고, 미국에서 최초로 '강간피해자보호법Rape Shield Law'이 제정된 것은 1974년이다. 수사 도중 피해자의 과거 성경험이 들춰져 무고를 입증하는 증거인 양 다뤄지고는 했는데, 그것이 증거가 될 수도 없고 판결에 영향을 미쳐서도 안 된다는 것을 명시한 것이 그 법이었다. (우리의 경우 2018년 5월 28일을 기점으로 검찰의 성폭력 수사 매뉴얼이 개정됐다. 성범죄 수사 때 무고 혐의는 일단 배제한다는 것. '선 성범죄, 후 무고죄 판단' 원칙이다.)

이제 마지막 연이 남았다. "당신이 말하는 세부사항들이 고해신부의 초상을 그려내는 것처럼 들린다면"이라는 구절은 기묘해 보인다. 희미하게 떠오르는 가해자의 얼굴이 고해신부의 얼굴을 닮았다는 것일까, 아니면 세부사항을 말하면서 오히려 죄인이 되어가고 있는 이 상황이 고해신부 앞의 상황과 흡사하다는 것일까. 어떤 식으로 읽건 이 구절이 암담한 것은 이제 '강간범'과 '경찰'과 '고해신부'가 더이상 구별되지도 않는 지경에 이르렀기 때문이다. 적어도 이 시 내부에서는 '강간의 바깥'이 존재하지 않기 때문이다. 이럴 때 당신은 완전히 무력해진다. 이제 당신이 할 수 있는 일은, 하고 싶은 말을 삼키고, 일어난 사건을 부정하고, 거짓말을 하면서 집으로 돌아가는 것뿐인가.

제목은 '강간'이지만 이 시는 '강간 이후'의 상황만을 보고한다. 피해자를 피의자로, 진술을 자백으로 바꿔버리는 남성적 권력의 개입 역시 '강간'이라 불러야 마땅하다는 뜻일 것이다. 그렇다면 이 시의 메시지를 이렇게 정리해야 할까. '모든 강간은 두 번 일어날 수 있다.' 육체적 강간과 정신적 강간, 혹은 개인적 강간과 사회적 강간. 40년도 더 된 시다. 자신을 희생하며 싸워온 이들 덕분에 많은 것이 바뀌었지만, 그럼에도 여전히 이 시 안에는 '지금'과 '여기'가 있고, 무엇보다도 내가 있다. 구조가 폭력적일 때 그 구조의 온순한 구성원으로 살아온 사람은 축소해 말해도 결국 '구조적 가해자'일 것이기 때문이다. 일단 이 점을 자인하는 부끄러움에서부터 시작할 수밖에 없으리라.

아슬아슬하게
아름다운, 생

20년 후에, 지芝에게

최승자

지금 네 눈빛이 닿으면 유리창은 숨을 쉰다.

지금 네가 그린 파란 물고기는 하늘 물 속에서 뛰놀고

풀밭에선 네 작은 종아리가 바람에 날아다니고,

이상하지,

살아 있다는 건,

참 아슬아슬하게 아름다운 일이란다.

빈 벌판에서 차갑고도 따스한 비를 맞고 있는 것 같지.

눈만 뜨면 신기로운 것들이

네 눈의 수정체 속으로 헤엄쳐 들어오고

때로 너는 두 팔 벌려, 환한 빗물을 받으며 미소짓고……

이윽고 어느 날 너는 새로운 눈眼을 달고

세상으로 출근하리라.

많은 사람들을 너는 만날 것이고

많은 사람들이 네 눈물의 외줄기 길을 타고 떠나가리라.

강물은 흘러가 다시 돌아오지 않고

너는 네 스스로 강을 이뤄 흘러가야만 한다.

그러나 나의 몫은 이제 깊이깊이 가라앉는 일. 봐라,

저 많은 세월의 개떼들이 나를 향해 몰려오잖니,

흰 이빨과 흰 꼬리를 치켜들고

푸른 파도를 타고 달려오잖니.

물려 죽지 않기 위해, 하지만 끝내 물려 죽으면서,

나는 깊이깊이 추락해야 해.

발바닥부터 서서히 꺼져들어가며, 참으로

연극적으로 죽어가는 게 실은 나의 사랑인 까닭에.

그리하여 21세기의 어느 하오,

거리에 비 내리듯

내 무덤에 술 내리고

나는 알지

어느 알지 못할 꿈의 어귀에서

잠시 울고 서 있을 네 모습을,

이욱고 네가 찾아 헤맬 모든 길들을,

—가다가 아름답고 슬픈 사람들을 만나면

그들의 동냥바가지에 너의 소중한 은화 한 닢도

기쁘게 던져 주며

마침내 네가 이르게 될 모든 끝의

시작을!

:『즐거운 일기』(문학과지성사, 1984)

한 시인의 삶이 객관적으로 보기에 불행한 편에 속한다 할지라도 그것을 타인이 주관적으로 확언하는 말을 하는 것은 부주의한 일이다. 당사자가 '나는 불행하다'고 말한다 해서 타인이 아무 때나 '그는 불행하다'라고 말할 자격을 얻는 것은 아니라는 말이다. 당사자가 그 말을 할 때에는 설사 신세한탄의 형식을 취한다 해도 그것이 자기 직시의 효과를 발휘해 자신의 현재를 극복하는 첫걸음이 될 수도 있겠으나, 타인이 그런 말을, 그것도 그를 그 불행에서 끌어내기 위한 노력을 기울일 의사도 없이 할 때는, 그런 말이야말로 그가 미래의 다른 자신을 상상할 수 있는 힘을 꺾기도 할 것이기 때문이다.

그러나 '나는 불행하다'고 말하는 그 시인의 성별이 여성이라면 그 점에 대해서는 분명하게 강조하는 편이 옳겠다는 생각을 한다. 설사 당사자가 자신의 고통을 '존재 일반'의 그것으로 규정한다 할지라도, 읽는 사람 쪽에서는 고통에도 성별이 있다는 당연한 사실을 되새겨야 한다는 뜻이다. 평론가 김현이 "최승자의 시는 사랑받지 못한 사람의 고통스러운 신음 소리다"(『말들의 풍경』)라고 말하면서 '여자'가 아니라 '사람'이라고 적은 것은 '여성성'과 '여성시'에 대한 당대의 태만한 규정 안에 그를 가두지 않으려는 배려였겠으나 그와 더불어 생각해야 할 것은 고통의 성별을 지우면 고통 자체가 왜곡될 수 있다는 사실이다.

"사랑받지 못한"이라는 표현은 여성의 생애에서 사랑의 비중을 과장하고 여자를 사랑의 객체로 주저앉히기를 원하는 어떤 이들의 편견과 엮여 있지 않다. 그리고 가능하다면 저 표현 속에, 당시로서는 드물게 급진적 허무주의자의 자리에서 너무 솔직해 오히려 듣기 불편한 말을 토해낸 한 여성을, 유신시대에서 세기말에 이르기까지의 한국 사회가 '정확하게 사랑하지' 못했다는 뜻을 집어넣고 싶다. 최승자의 시에 표현된 고통은 1970~1990년대의 한국 사회를 살아가면서 여성들이 경험한 고통의 한 유형을 대표할지도 모른다. 그의 고통이 수많은 독자의 지지를 이끌어내기는 했지만, 그 지지가 한 시인의 사적 삶까지 구원할 수는 없었을 것이다.

2016년 그의 여덟번째 시집 『빈 배처럼 텅 비어』가 나왔으므로 나는 그의 예전 시집 일곱 권을 다시 넘겨보았고 두번째 시집 『즐거운 일기』가 그의 가장 훌륭한 시집이라는 희미한 과거의 판단을 재확인했다. 이 시집이 특히 뛰어난 것은, 모진 말이지만, 그가 다른 어느 시집보다도 바로 이 시집에서 가장 '사랑받지 못하고' 있기 때문이다. 그런데 그의 모든 시집을 놓고 봐도 드문 것에 속하는, 생에 대한 순순한 긍정의 표현처럼 보이는 문장이 바로 이 시집 속에 있다는 사실도 아이러니한 일이다. "살아 있다는 건, 참

아슬아슬하게 아름다운 일"이라는 (자주 인용되는) 구절의 출처가 바로 이곳이다.

「20년 후에, 지芝에게」라는 제목이 알려주는 바는 이 시의 수신자가 '지'이고, 이 시가 그 '지'의 20년 후를 생각하며 혹은 '지'가 20년 후에 읽어주기를 바라며 쓰인 것이라는 사실이다. '지'가 누구인지 시에 밝혀져 있지 않지만 나이와 성별은 추정해볼 수 있다. 내용상 20년 후에나 성인이 되는 존재이므로, '지'는 당시 막 태어났거나 아직 유아였을 것이다. 그리고 단언할 일은 아니지만 1980년대 초반에 지芝라는 글자를 이름의 끝 글자로 썼다면 아마 여자아이일 것이다. 내가 알기로 최승자 시인에게는 아이가 없으니, 그렇다면 '지'는 시인의 조카이거나 친구의 딸이지 않았을까.

비관적 허무주의자인 시인은 어린 소녀에게 무슨 이야기를 해주고 싶었던 것일까. 그는 우선 어린 생명체가 세계와 처음 대면하는 날들을 지켜보며 경탄한다. 아이가 보는 세계는 경이롭다. 세계 그 자체가 본래 경이롭다기보다는 세계를 경이롭게 볼 줄 아는 아이의 눈이야말로 경이로운 것이다. 그런 아이를 보며 시인은 바로 그 문장을 적는다. "이상하지, 살아 있다는 건, 참 아슬아슬하게 아름다운 일이란다." 비록 깨어지기 쉬운 아름다움이지만 삶은 아름다운 것이 될 수 있다는 것. 훗날 아이가 자라면 "새로운 눈"을 달고 세상에 출근해야 하겠지만, 적어도 지금 아이에게 주어진 삶은 아름답기만 해야 마땅하다는 것.

앞에서 최승자답지 않게 '생에 대한 순순한 긍정'을 담고 있는 것처럼 보이는 문장이라고 했지만 그렇지만은 않다는 것을 우리는 안다. 저 구절 속에 담겨 있는 희미한 회한을 어떻게 지나칠 수 있을까. 삶은 아름다운 것이 될 수도 있는데 자신은 어째선지 그리되지가 않았으며 앞으로도 끝내 그럴 것 같다는 안타까움. 당시 겨우 30대 초반의 나이였던 시인은 자신에게 남은 것이 "깊이깊이 가라앉는 일"뿐이라고 단언한다. 그 예정된 결론을 바꿀 수는 없으며 다만 거기에 이르는 과정을 어떻게 연출하느냐 하는 일만이 그가 관심을 쏟음직한 유일한 일이라는 말과 함께("참으로 연극적으로 죽어가는 게 실은 나의 사랑").

이 시의 긴장이 거기서 나온다. 어린 '지'에게 생에의 찬가讚歌를 들려주고 싶지만 삶의 진실은 비가悲歌 쪽에 있다는 생각 말이다. 시인은 여성으로서의 자신의 삶에 개입해 들어온 세상의 적대적 힘이 '지'를 비껴가기를 바라면서도 그럴 수는 없을 것이라고 생각했을까. 그래서 시인은 20년 후의 '지'를 생각하며 이 시를 부친다. 그때 나는 이미 죽어 무덤 속에 있을 것이고, 너는 울면서 길을 찾아 헤매다가 "모든 끝의 시작"에 이르러 이 편지를 읽게 되리라고. 이 편지는 실제의 '지'에게 무사히 도착했을까. 알 수 없지만, 지금까지 그래왔듯이 앞으로도, 많은 사람이 생의 어느 국면에서 문득 최승자의 편지를 받는 일은 계속될 것이다.

자신의 예견과는 달리 "21세기의 어느 하오"가 왔을 때 시인 최승자는 무덤 속에 있지 않았지만 대신 병원에 있어야만 했다. 진실과 허위를 분별하는 감각이 예민하고 그 둘의 뒤섞임을 못 견디는 이에게는 살아 있음 자체가 항구적인 정신적 투쟁일 것이다. 그 투쟁이 2000년대 초반 이후 그를 정신의 병으로 이끌어갔으리라. 입원중이었던 2010년 당시 조선일보와의 인터뷰에서 몸무게 34킬로그램의 그는 자신의 삶은 스스로 선택한 것이며 후회하지 않는다고 말해 나를 전율하게 만들었다. 후회하지 않는다는 말, 그 말을 할 때 그는 이번 생의 승자처럼 보였다. 시인의 건강을 빈다. 부디 그의 가까운 곳에, 그를 다정히 안아주는 사람들이 많기를.

2부

사랑의 면

그대가 잃을 수밖에
없는 그것

소네트 73

윌리엄 셰익스피어

한 해 중 그런 계절을 그대는 내게서 보리라,

전엔 예쁜 새들이 노래했지만 이젠 황폐한 성가대석,

추위를 견디며 흔들리는 그 가지들 위에

누런 잎들 하나 없거나 거의 남아 있지 않은 계절을.

내게서 그대는 보리라, 해가 진 후

서녘에서 스러지는 그런 날의 황혼을,

만물을 휴식 속에 밀봉해버리는 죽음의 분신인

시커먼 밤이 조금씩 앗아가는 황혼을.

내게서 그대는 보리라, 불타오르게 해준 것에

다 태워져, 꺼질 수밖에 없는

임종의 자리처럼, 제 젊음의 재 위에

누워 있는 그런 불의 희미한 가물거림을.

그대가 이것을 알아차리면 그 사랑 더 강해져,

그대가 머지않아 잃을 수밖에 없는 그것을 더욱 사랑하게 되리라.

: 윤준 엮고 옮김, 『영국 대표시선집』(실천문학사, 2016)

셰익스피어가 소네트를 단 한 편도 쓰지 않았더라도 그는 위대한 시인이다. 『맥베스』에 나오는 '인생은, 소음과 분노가 가득하지만 아무런 의미도 없는, 백치가 들려주는 이야기'나, 『햄릿』에 나오는 '사느냐 죽느냐, 그것이 문제로다' 같은 독백에는 강력한 이미지와 압축의 묘미가 있다. 이것들이 시가 아니라면 무엇일까. 2016년 출간된 훌륭한 앤솔러지 『영국 대표시선집』의 셰익스피어 파트에 이 독백이 포함돼 있는 것은 전혀 이상한 일이 아니다. 그런 그가 소네트를, 그것도 154편이나 썼으니, 이것은 한 인간이 후대의 인류에게 남긴 아름다운 선물이다.

그런데 그 선물을 풀어서 읽어나가다보면 당황하게 된다. 사랑에 빠진 자의 달콤한 고백을 기대했는데, 뜻밖에도, 결혼적령기에 이른 어느 청년에게 빨리 결혼을 해서 아이를 낳으라고 충고하는 시인의 목소리만 내내 들려오기 때문이다. (적어도 17번까지는 그렇다.) 저간의 사정에 대해서는 셰익스피어 400주기를 맞아 때마침 번역된 명저 『세계를 향한 의지』에서 스티븐 그린블랫이 설명해준다. "셰익스피어는 왜 1592년 여름, 한 부자 청년의 결혼을 재

축하는 시를 써달라는 의뢰를 기꺼이 받아들인 것일까?" 전염병 때문에 극장이 문을 닫아 수입원이 막혔기 때문, 이라는 것이 답이다.

그러니까 생계형 원고였다는 말이다. 자기애가 강한 아름다운 청년이 결혼을 거부하자 속이 탄 가족들이 그의 마음을 돌려놓기 위해 셰익스피어에게 '1인용 작품'의 창작을 의뢰했던 것. 그래서 셰익스피어는 '당신은 아름답다, 그 아름다움을 영원한 것이 되도록 하기 위해서라도 자손을 남겨야 한다'라는 요지의 작품들을 써 내려가기 시작했다. 그런데 그린블랫에 따르면 여기서 흥미로운 일이 벌어진다. 청년의 아름다움을 찬미하다가 시인 자신도 그 청년에게 매혹돼버린 것. 하여 셰익스피어는 '시인인 내가 나의 언어로 당신의 아름다움을 기려 불멸이 되게 하리라'라는 요지의 작품들을 쓰기 시작했다. 마치 연애의 중개자가 그 연애에 얽혀들어가듯 말이다.

18번 소네트부터가 그렇다. "그대를 여름날에 견주어볼까요? 그대가 더 사랑스럽고 온화하지요." 154편 전체 중에서도 가장 많이 애송되는 이 시는 그러니까 여성이 아니라 남성에게 바쳐진 것이었다. 여기서부터 소네트는 아름다운 청년에게 구애하는 어느 남성 시인의 노래가 된다. 적어도 127번에서부터 등장하는 정체불명의 여성 '다크 레이디'가 이들과 삼각관계를 형성하기 전까지는 말이다. 물론 소네트 전체의 맥락과 구조가 이렇게 복잡하다 할지라도 우리가 여기에 얽매일 필요는 없을 것이다. 1609년에 초판이 나온 이래 세계의 독자들은 각자 자신의 연애를 투사하기 좋은 개별 시편들을 찾아내 향유해왔다.

18번 외에 인기가 많은 작품은 29, 43, 71, 73, 116, 130번 등이다. 그중에서도 73번은 강력한 우승 후보로서(다소 시니컬한 시선으로 사랑의 심층을 들여다보는 138번과 함께) 내가 가장 좋아하는 작품이기도 하다. 2015년 초에 뒤늦게 번역되어 그간 좋은 소설에 충분히 단련된 독자들마저 탄식하게 만든 『스토너』는 초반 30쪽만 읽어도 눈물이 고이는 이상한 소설인데, 농민의 아들인 스토너가 농과대학에 들어갔다가 영문학개론 시간에 이 73번 소네트를 읽고 문학에 눈을 떠서 처음으로 부모의 뜻을 거스르기로 결심하는 장면을 읽을 때 나는 완전히 수긍할 수 있었다. 73번은 그렇게 삶을 다시 처음인 듯 살기 시작하게 만드는 시이기 때문이다.

화자는 세 개의 비유-이미지를 동원해 어떤 비가역적인 사태에 대해 말한다. 가을이 가면 만물이 헐벗는 겨울이 오듯이, 해가 지면 죽음 같은 밤이 황혼을 삼키듯이, 불탄 자리에 하얀 재가 남듯이, 그렇게 시간은 흐르고 사람은 늙는다는 것. 이 점에 유의하면 당신의 사랑은 더 강해져서 "그대가 머지않아 잃을 수밖에 없는 그것"을 더욱 사랑하게 된다는 것. 그런데 이 마지막 구절은 좀 모호한 데가 있다. 그대가 잃을/떠날 수밖에 없는thou must leave 그것이란 대체 무엇인가. 청자인 그대의 젊음인가, 아니면 화자인 나의 생명인가. 전자라면 젊을 때 더 열정적으로 사랑하라는 뜻이 되고, 후자라면 누군가가 살아 있을 때 그에게 더 잘하라는 뜻이 된다.

이는 영어권 독자와 학자들 사이에서도 오랫동안 논쟁거리였다. 해당 구절의 구조상 그대가 불가항력적으로 잃을/떠날 수밖에 없는 '그것'이란 아무래도 그 자신의 젊음이라고 보는 게 더 자연스럽다는 의견도 있기는 하다. 그러나 154편의 소네트를 하나의 총체로 보는 그린블랫 같은 이들처럼 셰익스피어의 소네트는 연상의 시인이 연하의 청년에게 하는 말이라는 관점을 고수한다면, 연상의 화자가 연하의 상대에게 애절하게 강조할 만한 것은 화자 자신이 먼저 세상을 떠나게 된다는 사실이라고 간주하는 것도 합리적이다. 게다가 이 73번 전후의 작품들이 공통적으로 화자 자신의 죽음을 소재로 삼고 있다는 사실도 이 견해를 지지한다.

나는 심지어 제3의 가능성까지 있을 수 있다고 생각한다. 시를 견인하는 구절이 "그대는 내게서 보리라thou mayst in me behold" 혹은 "내게서 그대는 보리라in me thou seest"라는 점이 의미심장해서다. 이런 표현들이 미묘하게 강조하는 것은, 겨울이 오고 해가 지고 불이 꺼지는 그런 변화들 자체가 아니라, 그런 소멸의 풍경들을 '그대'가 '내 안에서in me' '본다'는 사실이다. 이것은 객관적 진실이 아니라 주관적 판단에 대한 이야기다. 내가 변함없이 존재하더라도 그대는 나를 달리 볼 수 있다는 것이고, 그대가 그렇게 보는 것을 내가 막을 수 없다는 것이다. 그렇다면 시간 속에서 늙는 것은 나나 그대가 아니라 오히려 사랑 그 자체라는 뜻이 아닌가.

그러나 내가 보기에 이런 모호성은 즐길 만한 것이기는 하지만

이 시의 주제 선율과도 같은 또렷한 메시지를 흔들지는 못한다. 시인은 늙는다. 물론 청년도 늙는다. 그리고 그보다 먼저, 사랑이 늙을지도 모른다. 여하튼 중요한 것은 우리에게 시간이 많지 않다는 사실이다. 이것이 진부한 메시지라고 생각하는 순진한 청년도 내 안에는 있다. 그러나 내가 나에게서 황폐한 성가대석과 저무는 해와 하얀 잿더미들을 보게 될 날이 그리 천천히 오지는 않을 것임을 알아차린 시인도 내 안에 있다. 나는 내 안의 청년에게 이 시를 읽어주면서 삶을 더 사랑해달라고 부탁한다. 그러나 그 청년은 고집이 세고 기억력도 나쁘다. 셰익스피어가 옳다. 그가 언제 틀린 적이 있었던가.

연인들에게 묻는다,
우리의 존재를

두이노의 비가 中 제2비가

라이너 마리아 릴케

(……)

연인들이여, 어울려 만족하는 그대들이여,

너희들에게 묻는다, 우리의 존재를. 너희들은 손을 꼭 잡는다. 그것으로 증명하는 것인가?

그렇다, 내 자신의 두 손도 서로를 느끼고, 혹은 그 두 손 안에

지친 얼굴을 묻고 쉬는 일도 있다. 그것이 얼마간은

내 스스로를 감지하게도 한다. 허나 누가 그것으로 자신의 '존재'를 확인할 수 있는가?

그러나 연인들이여, 서로가 상대의 환희 속에서

성장하는 너희들. 끝내는 압도되는 상대가

'이제 그만', 하고 애원하는 너희들 — 서로의 애무 속에서

풍년 든 포도처럼 풍요하게 영그는 너희들.

다만 상대가 완전한 우위를 차지하는 것만으로도

가끔은 소멸하는 너희들. 너희에게 묻는다, 우리들 인간의 존재를. 나는 알고 있다,

너희들이 그처럼 행복하게 서로를 어루만지는 것은, 애무가 시간을 멈추기 때문이다.

애정 깊은 너희들이 가리고 있는

그 장소가 사라지지 않기 때문이다.

너희들이 그 아래서 순수한 지속을 느끼기 때문이다.

그렇게 너희들은 서로의 포옹이 영원하기를 약속하리라.

허나 첫 시선의 놀라움과 창가에서의 그리움을 이겨내고,

함께 거닐던 '첫' 산책, 단 한 번뿐이던 그 정원에서의 산책을 견뎌냈을 때,

연인들이여, 그때에도 너희들은 '영원한' 연인으로 남아 있을 것인가?

너희들이 발돋움하며 입술을 맞대고 서로 마실 때

아, 얼마나 그때 기이하게도 마시는 자는 그 행위로부터 멀어져 가는가!

(……)

: 손재준 옮김, 『두이노의 비가』(열린책들, 2014)

언어에 대한 환멸이 심해질 때마다 약을 구하듯 되돌아가는 책들이 몇 권 있다. 최근에 의지하고 있는 것은 손재준 선생이 옮긴 릴케 시선집 『두이노의 비가』다. 여느 시 번역들과는 달리 '성실한 실패작'이 아니다. 딴에는 틈틈이 릴케를 읽어왔다고 생각했는데 이 책을 읽으면서는 마치 릴케를 처음 읽는 듯 감동하고 말았다. 많은 경우 외국어로 쓰인 시들은 번역되자마자 시로서 작동work하기를 멈춘다. 그러나 이 책에서 릴케는 한국어로 시를 쓰고 있었다. 수십 년 다듬어왔을 번역을 여든이 넘어 세상에 내놓은 역자의 노고에 먼저 경의를 표하지 않을 수가 없다.

처음 읽은 릴케의 시는 아마 「가을날」이었을 것이다. '화려하게 급진적인' 시들에 끌리던 때여서 무심히 지나치고 말았다. 몇 년 후에 어느 미학이론서에 인용돼 있는 「고대 아폴로의 토르소」를 읽고 '한 대 맞은 듯한 충격'이라는 상투적 표현의 의미를 실감했다. 이어 20세기 이후의 시들 중 가장 위대한 것에 속한다는 「두이노의 비가」 연작에 도전했으나 역시 어려웠다. 본래 어려운 대목과 번역 때문에 어려워진 대목을 구별해내는 작업만으로도 힘겨웠다. 그러나 포기하기보다는 평생을 두고 읽어야겠다고 결심하게 되는 것이었다. 여기에 굉장한 것이 담겨 있다는 것 정도는 알 수 있었기 때문이었다.

왜 릴케인가. “릴케의 시에는 답이 없다. 인간의 언어로 제기된 가장 아름답고 심오한 질문이 있을 뿐이다.” 어디엔가 이렇게 쓴 적이 있는데 이 말도 정확하지는 않다. 답이 ‘없다’고 말할 수는 없기 때문이다. 답이 있기는 하되 그것이 질문만큼 중요하지는 않다는 점을 강조하고 싶었다. 적어도 시에서는 그렇다. 위대하다는 시인들의 시를 읽으면서 그들의 답에 놀라본 적이 별로 없다. 그 답은 너무 소박하거나 반대로 너무 거창했다. 그러나 누구도 시인들만큼 잘 묻기는 어렵다. 나는 그들로부터 질문하는 법을, 그 자세와 열도와 끈기를 배운다. 그것이 시를 읽는 한 가지 이유다. 인생은 질문하는 만큼만 살아지기 때문이다.

릴케는 「두이노의 비가」 열 편을 정확히 10년(1912~1922) 동안 썼다. 1년에 한 편씩 썼다는 뜻이 아니라, 10년 동안 질문을 내려놓지 않았다는 뜻이다. 이것은 정말 쉬운 일이 아니다. 평전 『릴케』의 저자 볼프강 레프만은 그의 질문이 “신과 내세에 대한 믿음이 상실된 시대에 인간 실존의 의미를 찾으려는 시도”라고 요약했다. ‘인간 실존의 의미’라니, 오늘날 이런 말은 SNS에서 조롱거리가 될 것이다. (답을 찾아서가 아니다. 이런 식으로 질문하는 법을 잊어버렸기 때문이다.) 그런데 ‘왜, 어떻게 살아야 하는가?’라고 묻는 백년 전 릴케의 목소리는 왜 이토록 간곡한 것인가.

그의 간곡함은 어떤 난처함과 절박함의 산물로 보이는데, 그것은 우리가 천사도 동물도 아닌 인간이라는 사실에서 온다. 인간이라니. 천사처럼 완전하지도 동물처럼 순수하지도 않은, 이 어정쩡한 인간이라니. 그래서 그는 자신이 속해 있는 종種을 대표하여 그 누군가에게 질문을 던진다. 먼저 천사. "내가 소리쳐 부른들, 천사의 서열에서 어느 누가 그 소리를 들어주랴?" 그가 두이노성城 해안에 서 있을 때 바람결에 실려온 이 문장 덕분에 제1비가가 시작될 수 있었다. 그리고 동물. "명민한 동물들은 우리가 이 해석된 세계에서 마음 편히 뿌리내리지 못하고 있음을 잘 알고 있다." 인간에 의해 '해석된 세계'가 인간을 불안하게 만드는 아이러니 속에서 릴케는 동물들을 생각한다.

그렇다면 천사도 동물도 아닌 인간이 단순히 '생존'하는 것이 아니라 진정으로 '존재'할 수 있게 되는 삶의 방식은 무엇인가. 흔히들 말하는 대로 '사랑의 주체'로 살아가면 되는 것일까. 그래서 제2비가에 오면 릴케의 질문은 천사나 동물이 아니라 연인들에게로 향한다. "연인들이여, 어울려 만족하는 그대들이여, 너희들에게 묻는다, 우리의 존재를." 릴케는 회의적이다. 예나 지금이나 연인들은 서로 손을 잡는다. 그 모습은 아름답지만 그것이 그들이 진실로 인간으로서 '존재'하고 있다는 증거는 못 된다는 것. 그것은 내가 내 두 손으로 내 얼굴을 감싸안을 때 느끼는 희미한 존재감과 크게 다르지 않다는 것.

너무 냉소적인 것 아닌가. 물론 릴케가 사랑의 환희를 모르는 것은 아니다. 그에 따르면 사랑은 시간을 멈추고 장소를 보존한다. 그것은 "순수한 지속"이다. 그런데 릴케의 요점은 그것이 영원하지 않다는 데 있다. 첫 시선의 놀라움, 창가에서의 그리움, 첫 산책의 설렘. 그 모든 '첫'들이 지나고 나면 연인들은 멀어진다는 것. '서로를 마시는' 행위인 키스조차도 이렇게 변질된다. "얼마나 그때 기이하게도 마시는 자는 그 행위로부터 멀어져가는가!" 이 구절은 아름답고 가혹하다. 마시는 자가, 마시는 동안, 마시는 행위로부터 점점 멀어지는 모습, 그렇게 사랑은 끝난다는 것. 그렇다면 우리는 어찌해야 하는가.

제2비가의 후반부에서 릴케는 "아티카의 묘석에 새겨진 인간의 몸짓"을 보라고 권유한다. '아티카의 묘석attischen Stelen, Attic gravestones'을 검색하면 나오는 것은 상대방의 어깨에 조심스럽게 손을 올린 연인들의 모습이다. "거기서는 사랑과 이별이 마치 우리의 경우와는 다른 소재로 만들어진 듯, 가볍게 두 사람의 어깨 위에 얹혀 있지 않는가." 언젠가 릴케는 문제의 묘석을 실제로 보았고, 거기 부조된 고대의 연인들("절제하고 있는 그들")에게서 '절제하는' 사랑의 역설적 깊이를 보았다. 그가 말하는 '절제'란 사랑이 탕진되지 않도록 가장 아름다운 거리를 유지하는 기술일 것이다.

이제 그는 이렇게 말하기로 결심하는데 이를 제2비가의 결론이라고 해도 무방하다. "살며시 어루만지는 것, 그것만이 우리가 할 수 있는 일임을." 사랑 따위 아무 의미 없다는 말이 아니다. 격정으로서의 사랑이 덧없다는 것이다. 그러므로 단지 사랑을 하고 있다고 해서 진실로 존재하고 있다고 말할 수는 없다는 것. 천사가 껴안으면 바스러질 뿐인 우리 불완전한 인간들은 내가 사랑하는 사람이 진정으로 존재할 수 있도록 그를 '살며시 어루만지는' 법을 배워야 한다. 그것이 인간의 사랑이 취할 수 있는 최상의 자세일 것이기 때문이다. 사랑의 관계 속에서 인간은 누구도 상대방에게 신이 될 수 없다. 그저 신의 빈자리가 될 수 있을 뿐.

무정한 신과
사랑의 발명

사랑의 발명

이영광

살다가 살아보다가 더는 못 살 것 같으면

아무도 없는 산비탈에 구덩이를 파고 들어가

누워 곡기를 끊겠다고 너는 말했지

나라도 곁에 없으면

당장 일어나 산으로 떠날 것처럼

두 손에 심장을 꺼내 쥔 사람처럼

취해 말했지

나는 너무 놀라 번개같이,

번개같이 사랑을 발명해야만 했네

:『나무는 간다』(창비, 2013)

시인 랭보는 10대 후반에 짓이기듯이 선언했다. "사랑은 재발명되어야 한다."(「착란 1」) 이 선언에 담긴 취지를 정리하면 이렇다. '우리 시대의 사랑은 부르주아적 논리와 관습에 오염되어 단지 이익의 거래가 되었을 뿐이며, 사랑의 아름다운 귀결로 간주되는 결혼이라는 것은 차가운 멸시를 먹고 사는 괴물일 뿐이다.' 랭보가 말한 것은 발명이 아니라 재발명이다. 어떤 가치 혹은 제도의 재발명을 요청하는 사람은 혁명적이다. 기존의 것은 가짜라고, 진짜는 다른 곳에 있다고 말하기 때문이다. 그런데 나는 재발명이 아니라 발명에 대해 생각해보려고 한다. 무너뜨릴 것도 없는 데서 무언가를 처음으로 만들어내는 이의 그 두렵고 힘찬 마음에 대해서 말이다.

발표된 지 10년도 안 된 이영광의 「사랑의 발명」을 천년은 된 시처럼 아득한 마음으로 읽어보는 때가 나에게는 있다. 이 시가 동시대의 어느 저녁 술집에 마주앉아 절박해져 있는 두 사람만의 이야기가 아니라, 먼 과거의 어느 날 무정한 신 아래에서 마침내 인간이 인간을 사랑하기 시작한 순간의 이야기처럼 보여서다. 지금 화자의 앞에 있는 사람은 위태롭다. "더는 못 살 것 같으면" 그냥 죽어볼까 생각한다. "살다가 살아보다가"라고 했으나, 죽을 각오로 열심히 살겠다는 게 아니라 죽을 수밖에 없는 때가 곧 오리라는 뉘앙스에 가깝다. 인간이 더는 못 살겠는 때란 둘 중 하나일 것이다. 살 '방법'이 없거나(불가능), 살 '이유'가 없거나(무의미).

왜 그는 다른 길을 두고 하필 구덩이를 파고 누워 곡기를 끊는 길을 택하겠다는 것일까. 나는 제 무덤을 파고 산 채로 들어가 서서히 굶어죽어가는 사람의 표정과 마음을 상상해본다. 어렸을 때 '자신을 죽이다kill myself'라는 영어 표현의 강력한 실감에 놀란 적이 있는데('자살'이라는 말은 'suicide'가 그렇듯이 내게는 관념적으로 느껴졌다), 지금 그가 하려는 일이 바로 그것이다. 하늘을 보고 누워 자신을 서서히 죽이는 일. 이 죽음은 신이라는 가장 결정적인 관객을 염두에 둔 최후의 저항처럼 보인다. 불가능과 무의미에 짓밟힐 때 인간이 무책임한 신을 모독할 수 있는 길 중 하나가 그것이지 않은가.

화자에게 그는 "나라도 곁에 없으면" 당장이라도 그럴 사람처럼 보인다. 나는 이 "나라도 곁에 없으면"에 대해 생각한다. 무심코 저런 속엣말을 하고 스스로 놀라버렸을지 모를 한 사람을 생각한다. 내 앞에서 엉망으로 취해 있는 사람을 바라보며, '나라도 곁에 없으면 죽을 사람'이라는 말을 '내가 곁에만 있으면 살 사람'이라는 말로 조용히 바꿔보았을 한 사람. 이런 순간이 있을 것이다. 이 사람을 계속 살게 하고 싶다고, 내가 그렇게 만들고 싶다고 마음먹게 되는 순간. 바로 그 순간 이 세상에는 한 인간에 의해 사랑이 발명될 것이다. 그런데 이것은 사랑이라기보다는 동정이 아닌가? 사랑과 동정을 혼동하지 말라는 충고를 우리는 자주 들어오지 않았던가?

사랑과 동정이 같다고 주장한 사람 중에 쇼펜하우어가 있고, 그 둘을 혼동하지 말라고 한 사람 중에 막스 셸러가 있다. 쇼펜하우어는 『의지와 표상으로서의 세계』에서 인간과 세계를 지배하는 것은 '지성'이 아니라 '의지'라고 했다. 생명이 가진 무분별한 욕망에너지를 그는 '의지'라고 부른다. 의지는 맹목적이고, 그래서 삶은 고통이다. 그렇다는 점에서 나와 네가 근원적으로 닮았음을 발견하는 때, 고유한 '나'는 없고 다만 아픈 '우리'가 있을 뿐임을 깨닫는 때가 있는데, 그때의 감정을 '동정Mitleid, 연민'이라 한다면, '사랑'이 그것과 다른 것일 수가 없다고 그는 주장한다. "모든 참되고 순수한 사랑은 연민이다."(67절) 물론 "참되고 순수한 사랑"만이 그렇다는 전제를 달긴 했지만.

아니라고, 막스 셸러는 말한다. 한국어로는 '동정'이라 옮겨져 왔지만 실은 그것보다 큰 개념인 심퍼시sympathy, 동감에 대한 책 『동감의 본질과 형태들』(1장 4절)에서 그는 주장한다. 쇼펜하우어식의 동정은 고통의 보편성을 인식하면서 나와 너의 경계가 허물어지는 사건인데, 이는 고통을 나누면 절반이 된다는 흔한 말이 무색하게도 고통의 양이 두 배가 되는 결과에 이를 뿐이며, 심지어 그것을 즐기는 것처럼 보인다고 말이다. 그리고 덧붙이기를, 사랑은 어떤 도덕적 가치를 함께 추구하는 자발적 작용이기 때문에, 몰가치적이고 반작용적인 동정과는 질적으로 다르다고 했다. 사랑 속에 동정이 포함될 수는 있어도 동정이 사랑으로 도약할 수는 없다는 것.

두 사람의 말은 모두 진실이다. 그러나 나의 진실은 아니다. 사랑은 세상이 고통이라는 결론에 도달하면서 끝나는 게 아니라 거기서부터 시작하는 일이다. 사랑은 가치를 추구하는 게 아니라 그 자체가 가치다. 나의 진실은 다음 문장에 있다. "Amo: Volo ut sis." 하이데거가 아렌트에게 보낸 사랑의 편지에 적힌 아우구스티누스의 말, 훗날 아렌트가 『전체주의의 기원』(9장 2절)에서 다시 적은 그 말. "사랑합니다. 당신이 존재하기를 원합니다." 사랑은 당신이 이 세상에 살아 있기를 원하는 단순하고 명확한 갈망이다. '너는 이 세상에 있어야 한다. 내가 그렇게 만들 것이다.' 아모 볼로 우트 시스. 세상이 고통이어도 함께 살아내자고, 서로를 살게 하는 것이 사랑이 아는 유일한 가치라고 말하는 네 개의 단어.

이런 맥락에서 나는 사랑과 동정이 깊은 차원에서는 다르지 않다고 생각한다. 특정한 요소에 대한 동정이 아니라 존재 자체에 대한 동정이라면 말이다. 그가 이 세상을 살아간다는 사실 자체가 안쓰러워 그 곁에 있겠다고 결심하는 마음에 어떤 다른 이름을 붙여야 하나. 가브리엘 마르셀은 말했다. "사랑을 받는다는 것은 '당신은 죽지 않아도 된다'는 말을 듣는다는 것을 의미한다."(『존재의 신비 2』) 이 문장은 뒤집어도 진실이다. 내가 너를 사랑한다는 것은 나 역시 죽지 않아도 된다는 뜻이다. 이제 나는 어떤 불가능과 무의미에 짓밟힐지언정 너를 살게 하기 위해서라도 죽어서는 안 된다. 내가 죽으면 너도 죽으니까, 이 자살은 살인이니까.

다시, 이영광의 「사랑의 발명」은 '무정한 신 아래에서 인간이 인간을 사랑하기 시작한 어떤 순간들의 원형'을 보여주는 시다. 나는 인간이 신 없이 종교적일 수 있는 방법이 무엇일지를 생각하는 무신론자인데, 나에게 그 무엇보다 종교적인 사건은 한 사람이 다른 한 사람의 곁에 있겠다고, 그의 곁을 떠나지 않겠다고 결심하는 일이다. 내가 생각하는 무신론자는 신이 없다는 증거를 쥐고 기뻐하는 사람이 아니라 오히려 염려하는 사람이다. 신이 없기 때문에 그 대신 한 인간이 다른 한 인간의 곁에 있을 수밖에 없다고, 이 세상의 한 인간은 다른 한 인간을 향한 사랑을 발명해낼 책임이 있다고 생각하는 사람이다. 나는 신이 아니라 이 생각을 믿는다.

허공을 허공으로
돌려보내는 사랑

허공 한줌

나희덕

이런 얘기를 들었어. 엄마가 깜박 잠이 든 사이 아기는 어떻게 올라갔는지 난간 위에서 놀고 있었대. 난간 밖은 허공이었지. 잠에서 깨어난 엄마는 난간의 아기를 보고 얼마나 놀랐는지 이름을 부르려 해도 입이 떨어지지 않았어. 아가, 조금만, 조금만 기다려. 엄마는 숨을 죽이며 아기에게로 한걸음 한걸음 다가갔어. 그러고는 온몸의 힘을 모아 아기를 끌어안았어. 그런데 아기를 향해 내뻗은 두 손에 잡힌 것은 허공 한줌뿐이었지. 순간 엄마는 숨이 그만 멎어버렸어. 다행히도 아기는 난간 이쪽으로 굴러 떨어졌지. 아기가 울자 죽은 엄마는 꿈에서 깬 듯 아기를 안고 병원으로 달렸어. 아기를 살려야 한다는 생각 말고는 아무 생각도 할 수 없었지. 얼마 지나지 않아 아기는 울음을 그치고 잠이 들었어. 죽은 엄마는 아기를 안고 집으로 돌아와 아랫목에 뉘었어. 아기를 토닥거리면서 곁에 누운 엄마는 그후로 다시는 깨어나지 못했지. 죽은 엄마는 그제서야 마음놓고 죽을 수 있었던 거야.

이건 그냥 만들어 낸 얘기가 아닐지 몰라. 버스를 타고 돌아오면서 나는 비어 있는 손바닥을 가만히 내려다보았어. 텅 비어 있을 때에도 그것은 꽉 차 있곤 했지. 수없이 손을 쥐었다 폈다 하면서 그날 밤 참으로 많은 걸 놓아 주었어. 허공 한줌까지도 허공에 돌려주려는 듯 말야.

:『어두워진다는 것』(창비, 2001)

우리는 시로 고백을 할 수도 있고 묘사를 할 수도 있으며 이야기를 할 수도 있다. 이를 근거로 영어권에서는 lyric poetry, descriptive poetry, narrative poetry 하는 식으로 시를 분류하기도 한다. 순수하게 한 가지 성분만으로 된 시도 있을 수 있지만 대체로 세 요소가 적절히 섞여서 한 편의 시를 만든다. "이런 얘기를 들었어"로 시작하는 나희덕의 「허공 한줌」은 일단 세번째 유형에 해당한다고 하면 되겠다. '일단'이라고 한 것은 이야기만으로 끝나는 시는 아니기 때문이다. 그러나 이야기는 이 시의 대부분을 차지하는데다가 한번 들으면 잊기 어려울 정도로 강렬해서 강조하지 않을 수가 없다. 이제 이것을 두 번의 죽음에 대한 이야기라고 해보자.

엄마가 깜빡 잠이 들었고 아기는 난간에 올라가 있다. 상상해보는 것조차 고통스러울 만한 상황이다. 엄마는 아기를 향해 "숨을 죽이며" 다가간다. "숨을 죽이며"는 숨을 참는다는 뜻에 불과하지만 이 경우만큼은 엄마가 이미 조금씩 죽어가고 있다는 뜻처럼 느껴질 지경이다. 아기를 향해 팔을 뻗었으나 "허공 한줌"만이 손에 잡혔다. 아기는 이미 난간 아래로 떨어졌다. "순간 엄마는 숨이 그만 멎어버렸어." 이렇게 죽을 수도 있는가. 나는 '순간사瞬間死' 라는 말을 혼자 생각해냈다. 고통스러운 결과를 앞에 두고 단 1초도 살아 있을 수 없어서 죽게 되는 사람의 죽음이 이럴 수 있겠구나 하고. 이것이 첫번째 죽음이다.

그러나 아기는 난간 이쪽으로 떨어져서 죽지 않았다. 바닥에 떨어졌으니 충격을 받았을 것이고 빨리 병원으로 옮기지 않으면 안 된다. 엄마는 아기를 안고 달린다. 그런데 엄마는 이미 죽지 않았던가? 죽었는데 아직 죽지 않았다. 죽었지만 아직 죽을 수가 없다. 아기를 살려야 하므로 엄마는 죽음의 완성을 허락하지 않는다. 다행히 아기는 무사했고 두 사람은 집으로 돌아올 수 있었다. 그리고 엄마는 다시 죽는다. 이것이 두번째 죽음이다. "죽은 엄마는 그제서야 마음놓고 죽을 수 있었던 거야." 이 문장은 말이 안 되고, 그래서 절묘하다. 자식을 위해서라면 죽을 수도 있다고들 하지만, 이 경우는 자식을 위해서라면 죽은 뒤에도 계속 살 수 있다는 식이다.

두 번의 죽음은 결국 지극한 사랑의 결과다. 어느 특강 현장에서 나의 부탁으로 이 시를 낭독하던 분은 그만 울음을 터뜨렸고 결국 낭독은 중단될 수밖에 없었다. 그랬다는 것이 조금도 이상하지 않다. 무섭고 다행이고 아름답고 안타깝다, 라고 표현할 수밖에 없는 그런 사랑의 이야기니까. 그 이야기의 끝과 함께, 그러니까 1연에서 시가 끝나도 좋았을까? 만약 시인 자신이 지어낸 이야기라면 해석의 공간을 넓게 열어놓기 위해 그러는 편이 나았을지도 모른다. 그러나 실제로 누군가에게서 들은 이야기라면 다르다. 그 이야기를 그냥 전하기만 할 것이 아니라(이토록 아름답게 전하는 것만으로도 훌륭하지만) 자신의 해석을 서명처럼 남기고 싶었다 해도 충분히 납득이 된다. 그래서 짧은 2연이 더해졌다.

시인의 해석 방향은 제목이 암시한다. 제목이 된 "허공 한줌"은 1연에 딱 한 번 나온다. "그런데 아기를 향해 내뻗은 두 손에 잡힌 것은 허공 한줌뿐이었지." 이 허공은 거기 있어야 할 아이 대신에 있는 것이니까, 극도로 절망적인 부정성 그 자체다. 그런데 시인은 다른 방향으로 걸어간다. 엄마처럼 시인도 제 손 안의 허공 한줌을 보는데, 그가 하는 것은 뜻밖에도 반성이다. "텅 비어 있을 때에도 꽉 차 있곤 했지." 물론 이것은 손이 아닌 마음의 집착을 가리킨다. 그래서 시인은 "허공 한줌까지도 허공에" 돌려주며 집착으로부터 자유로워질 것을 다짐한다. 우리는 뜻밖에도 불교적인 맥락으로 이동해왔다. 시인의 육성을 들어보자.

내가 이 이야기를 통해 부각시키고 싶었던 주제는 모성 자체가 아니라 '삶'과 '죽음' '있음'과 '없음'의 경계에 관해서였다. (……) 내가 이 이야기를 인상적으로 듣고 시까지 쓰게 된 것은 아기를 놓친 엄마가 순간적으로 죽을 수도 있다는 사실에 대한 놀라움 때문이었다. 그 죽음은 분명 자식에 대한 사랑의 좌절로 인한 것이지만, 일종의 움켜쥠執의 결과이기도 하다. 그렇게 본다면 우리는 얼마나 많은 것들을 움켜쥔 채 살고 있는 것인지. 비어 있는 것처럼 보이는 허공 한줌 속에도 얼마나 많은 감정과 집념이 들어 있는 것인지. 삶과 죽음도 결국 그 움켜쥠과 놓아줌의 다른 말이 아닌지……"

—『보랏빛은 어디에서 오는가』

나는 특히 다음 구절에 밑줄을 쳤다. "그 죽음은 분명 자식에 대한 사랑의 좌절로 인한 것이지만, 일종의 움켜쥠執의 결과이기도 하다." 이 문장이 나는 어렵다. 엄마는 왜 '순간사'할 수밖에 없었나. 좌절 때문이라는 것. 구하지 못했으니까. 그런데 시인은 이유가 하나 더 있다고 한다. 움켜쥠 때문이라는 것. 움켜쥐었기 때문에 죽었다니. 움켜쥐지 않으면 달리 무엇을 했어야 한단 말인가. 집착(움켜쥠)에 대한 반성은 언제 어디서 해도 대체로 옳은 것이기는 하지만, 지금 이 대목에서 하는 것은 1연에 분명하게 주어져 있는 맥락으로부터 이탈하는 일 아닌가. 같은 이야기인데, 나에게는 '사랑'에 대한 이야기, 시인에게는 '집착'에 대한 이야기가 된 것 같다.

둘의 간격을 좁힐 순 없을까. 그렇다면 사랑과 집착을 합쳐서 '사랑의 집착'에 대한 이야기라고 하면 어떨까. 아기를 구하기 위한 엄마의 첫번째 행동은 실패했지만 아기는 죽지 않았다. 아이가 자라는 동안, 이런 정도로 끔찍하진 않더라도, 비슷한 일이 일어날 수 있지 않을까. 자식이 난간 위에 있을 때 그 아이를 살릴 수 있고 또 살려야 할 사람은 자신뿐이라고 부모는 생각할 것이다. 그러나 부모가 언제나 아이를 받아낼 순 없으리라. 더 나아가 그래서도 안 되는 것이라면? 제 몫으로 주어진 굴러떨어짐을 감당함으로써만 아이가 살아날/살아갈 수 있는 것이라면? 이 진실을 받아들이지 않는 부모는 자주 허공을 움켜쥐며 자책할 것이다. 그 허공을 허공으로 돌려보내야 한다는 것이다.

시인이 저 이야기를 집착에 대한 것으로 해석할 때 그것은 그 이야기를 사랑에 대한 것으로 읽을 가능성을 포기하거나 배척하면서 그렇게 한 것은 아니었을 것이다. 너무 당연해서 굳이 말할 필요가 없다고 느꼈으리라. 시인은 이것이 사랑에 대한 이야기라는 것을 세상에서 가장 잘 아는 사람 중 하나이므로, 이제 그가 알아야 한다고 스스로 생각한 것은 그 사랑을 부드럽게 내려놓는 일이었을 것이다. 그래서 시인은 저 지극한 사랑의 이야기에서, 그 사랑의 배후와 근저에 있는 강렬한 '움켜쥠'의 에너지를 발견하고, 그것으로부터 성숙한 거리를 두는 일의 깊이를 생각했을 것이다. 나는 시인으로부터 배운 것을 나에게 가르쳐둔다. 가르쳐도 아직은 그 깊이를 모르는 지금의 나에게.

착한 사람이
될 필요 없어요

기러기

메리 올리버

착한 사람이 될 필요 없어요.

사막을 가로지르는 백 마일의 길을

무릎으로 기어가며 참회할 필요도 없어요.

그저 당신 몸의 부드러운 동물이 사랑하는 것을 계속 사랑하게 두어요.

절망에 대해 말해보세요, 당신의 절망을, 그러면 나의 절망을 말해줄게요.

그러는 동안 세상은 돌아가죠.

그러는 동안 태양과 맑은 조약돌 같은 빗방울은

풍경을 가로질러나아가요,

넓은 초원과 깊은 나무들을 넘고

산과 강을 넘어서.

그러는 동안 맑고 푸른 하늘 높은 곳에서

기러기들은 다시 집을 향해 날아갑니다.

당신이 누구든, 얼마나 외롭든

세상은 당신의 상상력에 자기를 내맡기고

기러기처럼 그대에게 소리쳐요, 격하고 또 뜨겁게—

세상 만물이 이루는 가족 속에서

그대의 자리를 되풀이 알려주며.

: *Dream Work*, The Atlantic Monthly Press, 1986

나는 자연에서 배운 것이 별로 없다. 자연의 가르침을 알아들을 수 없었기 때문이다. 이 수업에 관한 한, 나는 스스로를 반항아라고 믿는 열등생에 불과했다. 자연이 제공하는 평범한 지혜에 과도하게 감격하는 장년층들을 이해할 수가 없어서 그들을 은근히 무시해온 때가 있었지만, '이해할 수 없는 것'을 '좋지 않은 것'이라 속단하는 풋내기 시절을 벗어난 지금은 자연에 대해서도 겸허해졌다. 앞으로 나와 자연의 관계가 어떻게 바뀔지 궁금하다. 지난 40여 년 동안 자연의 말을 거의 알아듣지 못했으나 머지않아 눈과 귀가 열릴까. 그러나 아직은 아니다. 그러니까 아직은, 메리 올리버 같은 시인을 충분히 이해하지 못한다. 그래도 그의 시 한 편을 나는 내 식대로 좋아해왔다.

메리 올리버는 1935년생 미국 시인이다. 14세 때부터 시를 쓰기 시작해 1963년에 첫 시집을 냈으며 40대 후반에 시집 『미국의 원시American Primitive』로 퓰리처상을 받았다. 수상 이후의 첫 시집 『꿈 작업』에는 그의 대표작 중 하나로 손꼽히는 시 「기러기」가 수록돼 있다. "그녀의 시 「기러기」는 너무도 유명해져서 이제 전국의 기숙사 방들을 장식하고 있다." 이것은 『보스턴 글로브』 (2007. 9. 2.)에 게재된 글의 한 대목인데, 발표된 이후 20년 동안 이 17행(원문 기준)의 자유시가 얼마나 많은 사랑을 받았는지 짐작할 수 있게 한다. 한국에는 2004년 책인 『완벽한 날들』이 처음으로 번역되면서 본격적으로 소개되기 시작했지만 「기러기」가 우리에게 알려진 것은 그보다 먼저다. 류시화 시인이 엮은 『민들레를 사랑하는 법』에 최초로 소개되었고, 이후 소설가 김연수가 이 시의 열세번째 행을 제목으로 삼은 장편소설 『네가 누구든 얼마나 외롭든』을 출간하면서 유명해졌다.

우리의 연구자들은 이 시를 어떻게 읽었나. "이 세상의 모든 존재들은 자연이 부여한 자신의 본성에 따라 생을 살아가지만 인간은 자연이 부여한 본성과 한계를 억누르거나 아니면 뛰어넘으려 한다. 하지만 시인은 자연의 길을 따라가는 다른 존재들처럼 인간도 그가 누구든, 얼마나 외롭든, 결국 자연의 일부이며, 따라서 인간의 길도 기러기와 마찬가지로 다른 피조물들 가운데 있음을 깨달아야 한다고 말한다."(박혜영) 보다시피 이 시는 모범적인 '생태시'로 읽힐 여지를 품고 있다. "홀로 제멋대로이면서 또 동시에 함께 호흡하는 관계, 온갖 사물의 무리들 안의 존재의 자리, 이것이 올리버가 열어 보이는 '관계적 자아'의 바람직한 자리"(정은귀)라는 논평도 그 연장선상에 있는 것으로 보인다.

나는 이 시의 생태주의적 세계관 말고 다른 측면에 주목하고 싶다. 미국의 많은 학생이 기숙사 방 벽에 이 시를 붙여놓았다면 그만한 이유가 있을 것이다. 나는 그 이유를 이 시에 담겨 있는 치유적 효력에서 찾을 수 있다고 생각한다. 이 시를 처음 읽었을 때부터 이미 느꼈지만 그때나 지금이나 그 힘을 명료하게 설명하기는 어렵다. 우리는 가끔 다음과 같은 방식으로 어떤 시와 만난다. '나에게 절실히 필요한 문장이 있는데 그게 무엇인지는 모른다. 어느 날 어떤 문장을 읽고 내가 기다려온 문장이 바로 이것임을 깨닫는다.' 나는 이 시를 읽은 미국과 한국의 독자들이 그와 유사한 느낌을 받지 않았을까 짐작해본다.

그런 힘은 첫 두 문장에서부터 이미 발휘된다. "착한 사람이 될 필요 없어요. 사막을 가로지르는 백 마일의 길을 무릎으로 기어가며 참회할 필요도 없어요." 이 구절에는 확실히 반反종교적 뉘앙스가 있다. 자신이 따르는 도덕적 이상에 오히려 억압당해서 자신을 언제나 죄인 취급하고 고행에 가까운 참회를 각오하는 어떤 '종교적' 독자에게 이 시는 그것이 어리석은 자기학대라고 말하는 것처럼 보인다. 그러나 이 구절의 호소력은 그보다 더 보편적이다. 자신이 충분히 훌륭한 사람이 아니라고 자책하는 일은 우리 모두의 고질적 습관이 아닌가. 이 시의 도입부는 바로 그런 대다수 독자의 자학적 자의식을 바로 옆에서 들리는 음성처럼 부드럽게 어루만진다.

그리고 인상적인 조언이 이어진다. "그저 당신 몸의 부드러운 동물이 사랑하는 것을 계속 사랑하게 두어요." '착해지기'나 '참회하기'에 대한 강박은 저 자신을 학대하는 '인간적' 자의식의 산물이라는 것. 그런 의미에서의 인간성(정신성)을 내려놓고 우리 안의 동물성(육체성)이 이끄는 길로 가라는 것. 물론 그 동물성은 인간이 극복해야 할 폭력적 동물성이 아니라 오히려 인간을 극복해야 도달할 수 있는 "부드러운 동물성soft animal"이다. 그것은 절망에 빠진 인간이 그 절망을 함께 나누며 겨우 한걸음씩 나아갈 때, "그러는 동안meanwhile", 그와 무관하게 무심히 흘러가는 자연의 자연스러운 동물성이다. 인간이 아프게 인간적일 때, 자연은 얼마나 자연스러운가.

이 시에서 세 번이나 반복되는 "그러는 동안"의 뉘앙스가 그래서 밟힌다. 인간과 자연의 간극('인간이 그러는 동안 자연은……')을 되풀이 생각하게 만들기 때문이다. 이렇게 6~12행을 읽으며 자연이 못 되는 인간의 고독을 생각하고 있을 때, 시인이 기러기의 목소리를 빌려 "격하고 뜨겁게harsh and exciting" 외친다. "당신이 누구든, 얼마나 외롭든" 이제는 그런 생각에 빠져들지 말기를. "세상 만물이 이루는 가족" 속에 당신의 자리가 있으니, 무릎걸음으로 사막을 횡단하지 말고 기러기처럼 네가 있어야 할 곳을 향해 날아가기를. 아직도 잘 설명하기 어렵다. 이런 위로와 격려의 시에 대체로 냉담한 내가 왜 이 시는 순순히 받아들이고 마는지.

세상 혹은 자기와 싸우다 패배하여 자책과 회한의 날을 보내고 있는 이에게, 이 세상에는 그럼에도 당신의 자리가 분명히 있다고 말하는 시다. 물론 당신에게는 이 시를 의심하고 거부할 권리가 있다. 메리 올리버가 "세상"이라고 부를 때 그곳은 내전의 현장이나

대도시의 빈민가가 아니다. 이 전원시인의 정치사회학적 순진성을 기소하는 이들의 손을 들어줄 판관들도 세상에는 있으리라. 그 일은 그들에게 맡겨두고 그 대신 나는 꼭 필요한 시점에 이 시를 읽게 되어 다시 이 생을 살아가기로 결심한 어느 누군가를 상상해본다. 인간의 한평생이 타인에게는 시 한 편만큼의 가치를 갖기도 어렵다는 생각을 할 때 나는 시 앞에서, 자연 앞에서 그렇듯, 오만해질 수가 없다.

3부

죽음의
점

그러자 나는
자신이 미워졌다

나는 누구인가
—자화상에 부쳐自寫眞贊

김시습

이하李賀를 내려다볼 만큼

조선 최고라 했지.

드높은 명성과 헛된 기림

어찌 네게 걸맞을까?

네 몸은 지극히 작고

네 말은 지극히 어리석네.

네가 죽어 버려질 곳은

저 개굴창이리라.

: 정길수 편역, 『길 위의 노래』(돌베개, 2006)

10대 시절 읽은 김시습의 「만복사저포기」는 당시 유행했던 영화 〈천녀유혼〉 같은 홍콩산産 귀신 로맨스에 비하면 시시하게 느껴졌다. 배필 없음을 탄식하던 양생이라는 청년이 부처님과 저포樗蒲 놀이를 하여 이긴 대가로 한 여인을 만나 꿈결 같은 며칠을 보냈으나, 알고 보니 그녀는 전쟁통에 억울하게 죽은 여성이었던지라, 결국 짧은 인연을 뒤로한 채 저승으로 떠나지 않을 수 없었다는 것. 이별 이후에 양생이 집과 밭을 모두 처분하여 장례를 치러준 덕에 그녀는 다른 나라에서 남자로 환생할 수 있었고 목소리로만 다시 나타나 양생에게 고마움을 표했다는 이야기였다.

세월이 흘러 다시 읽었을 때에야 「만복사저포기」의 마지막 대목 앞에서 골똘해졌다. "양생은 이후 다시 장가들지 않았다. 지리산에 들어가 약초를 캐며 살았는데 그가 어떻게 생을 마감했는지 아무도 알지 못한다." 그럴 필요까지 있었을까. 죽은 아내가 다시 나타나자 귀신인 줄 뻔히 알면서도 사랑했다가 재차 헤어지게 된 「이생규장전」의 주인공은 정도가 더 심하다. "이생은 그녀의 유골을 거두어 부모님 무덤 곁에 묻어주었다. 장사를 지낸 뒤 이생도 최씨와의 추억을 생각하다 병을 얻어 몇 달 만에 세상을 떠나고 말았다." 왜들 이렇게까지 해야 했을까.

첫번째 대답. 이것이 소설이기 때문이다. 잘 알려진 대로 『금오신화』는 우리 최초의 소설이다. 많은 문학이론가에 따르면 소설은 본질적으로 패배의 기록이다. 세계의 완강한 질서에 감히 도전하는 개인이 있는데, 그는 자신이 추구하는 가치를 끝내 포기하지 않아서, 그 비타협의 결과로 그는 패배하고 말지만, 그 순도 높은 패배가 오히려 주인공의 궁극적 승리가 되는 아이러니의 기록, 그것이 바로 소설이라는 것. 그러므로 '위대한 개츠비'라는 말이 성립될 수 있다면, '위대한 양생/이생'이라는 말도 가능하다. 비록 운명에는 패배했으나 사랑에 관한 한 타협하지 않았으니까.

두번째 대답. 이것을 쓴 사람이 김시습이기 때문이다. 김시습은 3세에 첫 시를 읊었고 5세에 '신동 김오세金五歲'라는 별칭을 얻었으며 9세에는 세종의 총애를 받았다. 세종의 뜻을 받들어 단종을 보필하려 했으나, 단종의 삼촌인 수양대군이 계유년(1453, 단종 1)에 쿠데타를 일으키고 을해년(1455, 단종 3)에는 왕위까지 찬탈하자, 김시습은 통곡 끝에 책을 불사르고 똥통에 들어갔다가 나온 뒤에 승려가 되었다. 병자년(1456, 세조 2)에 버려진 사육신 중 다섯의 시체를 목숨을 걸고 수습하여 묘를 마련한 것도 그였다. 위대한 패배의 기록을 쓸 수 있는 자격이 누구에게나 주어지지는 않는다.

요컨대 『금오신화』가 최초의 소설인 것과 그 작자가 김시습인 것은 전혀 이상한 일이 아니다. "『금오신화』의 고독한 인물들은 김시습 자신을 형상화한 것이다. (……) 결함세계 속에 사는 등장인물들은 모두가 완전한 가치를 실현하지 못하고 있다는 사실을 자각함으로써 슬픔을 느끼는 존재들이며, 독자들은 이 소설을 통해 그 슬픔에 공감한다. 하지만 그러한 자각은 결코 현실 도피를 유도하지 않으며, 오히려 개개인에게 현실에 살면서 현실을 부정하는 자기 혁신의 고투를 요구한다."(심경호, 『김시습 평전』)

그런데 앞서 인용한 말년의 시에서 김시습은 세상이 자신에게 속고 있다며 거의 자기혐오에 가까운 문장들을 적었다. 이 시를 읽으면서 나는 그와 더불어 비참해졌고 마지막 구절에서는 전율했다. "네가 죽어 버려질 곳은 저 개굴창이리라." (이 문장은 대개 "마땅히 너를 두어야 하리, 깊은 골짜기 속에" 정도로 옮겨지면서 은둔자로서의 숙명을 수락하는 구절로 읽힌다. 그래서 나는 나를 전율하게 한 번역자 정길수 선생에게 자초지종을 물었다. 그는 오역이 될 위험을 무릅쓰고 그렇게 옮겼다 했다. 그것이 자신이 이해한 김시습이라 했다. 나는 그를 따른다.) 무엇이 김시습에게 이런 문장을 쓰게 했을까.

사육신이 있으면 생육신도 있다. 나는 김시습의 자화상을 들여다보면서 살아남은 자의 내면을 생각한다. 브레히트의 「살아남은 자의 슬픔」의 원제목은 '나, 생존자Ich, der Überlebende'인데 그러고 보니 이 시의 마지막 문장도 이렇다. "그러자 나는 자신이 미워졌다und Ich haßte mich." 번역자인 김광규 시인이 이 시의 제목을

'살아남은 자의 슬픔'이라고 의역한 것은 훌륭한 선택이었지만, 저 마지막 구절에 주목한다면, 이 시에 더 또렷한 감정은 '살아남은 자의 자기혐오'라고 할 수도 있다. 그런데 그 혐오가 도무지 마땅해 보이지가 않는다. 죽는 사람이 있다면, 통곡하며 시체를 묻는 사람도 있어야 하지 않는가.

살아남은 자의 슬픔은, 살아남았다는 사실 자체에서만 오는 것이 아니라, 기왕 살 것이라면 편안하게 살고 싶다는 끔찍한 욕망이 내 안에 있다는 발견에서도 올 것이다. 세상이 생육신의 지조를 칭송하면 할수록 그는 제 안의 잠재적 배신자와 지긋지긋한 싸움을 해야 했으리라. 싸우고 있다는 사실 자체가 자기혐오의 원인이 되었을 것이다. 아닌 게 아니라 그는 이후 세조를 관례적인 문장으로나마 치하하기도 했고, 국가 주도 불경 언해 사업에도 참여했으며, 세조에게 도첩度牒, 승려 신분증을 받아 최소한의 생활을 보장받기도 했다. 이를 두고 변절이라고 비난할 사람은 없을 것이다. 그러나 그가 조금 흔들렸다고 상상해볼 수는 없을까.

그랬을 것이다. 그러나 흔들리다 부러지지는 않았다. 그 무렵에 그가 또 한번 똥통에 들어갔다 나온 것은 밖의 더러움으로 안의 더러움을 씻어내기 위한 제의였을지도 모른다. 이어 왕의 부름에 응하지 않겠다는 시를 써서 세조에게 보냈고 그후로도 내내 자기가 지켜야 할 약속을 지키며 살다 죽었다. 아홉 살 때 자신을 알아봐준 어진 임금 앞에서 한 약속, 어린 임금이 쫓겨나고 끝내 살해될 때 통곡하며 한 약속, 책을 태우고 머리를 깎고 미친 척을 하면서 한 그 약속을, 양생이나 이생처럼, 지켜냈다. 평생을 두고 지켜야 할 약속이 있었으니 그의 생은 내내 고달팠겠으나 단 한순간도 무의미하지는 않았으리라.

사람을 죽이면
안 되는 이유

장례식 블루스

W. H. 오든

모든 시계를 멈춰라, 전화를 끊어라,

기름진 뼈다귀를 물려 개가 못 짖게 하라,

피아노들을 침묵하게 하고 천을 두른 북을 쳐

관이 들어오게 하라, 조문객들을 들여보내라.

비행기를 하늘에 띄워 신음하며 돌게 하고,

그가 죽었다는 메시지를 하늘에 휘갈기게 하라,

거리의 비둘기들 하얀 목에 검은 상장喪章을 두르고,

교통경찰에게는 검은 면장갑을 끼게 하라.

그는 나의 동쪽이고 서쪽이며 남쪽이고 북쪽이었다,

나의 평일의 생활이자 일요일의 휴식이었고,

나의 정오, 나의 자정, 나의 대화, 나의 노래였다,

우리 사랑이 영원할 줄 알았으나, 내가 틀렸다.

별들은 이제 필요 없다, 모두 다 꺼버려라,

달을 싸버리고 해를 철거해라,

바다를 쏟아버리고 숲을 쓸어버려라,

이제는 그 무엇도 아무 소용이 없으리니.

: *Another Time*, Random House, 1940

농민 백남기씨는 2015년 11월 14일 경찰의 물대포를 맞아 쓰러졌다. 영상이 있기 때문에 보면 누구나 알 수 있다. 쓰러진 한 사람을 향해 물대포가 집중 살수되고 있었다. 나도 모르게 '확인사살'이라는 말을 떠올리고는 그 말이 끔찍해 떨쳐냈는데, 그렇다면 저것을 '확인살수'라고 해야 하나 했다가, '살수撒水'라는 말이 '살수殺水'로 읽히기도 하는 것이었다. 그런데도 이 죽음이 외인사가 아니라 병사라거나 또 이유를 알 수 없으니 부검을 하자거나 하는 말들이 들려온다. 하기는 바다로 가라앉는 학생들이 방치되는 장면을 함께 지켜봐놓고도 그것을 '교통사고'라고 말하는 사람도 있었다. 산 사람들의 이해관계 때문에 이미 죽은 사람도 다른 원인으로 한번 더 죽어야 하는 고초를 겪는 곳이 우리가 사는 여기다.

그러니까 죽은 사람이 아직 미처 다 죽지 못한 채 끌려다니고 있는 형국이니 그 죽음에 합당한 애도는 엄두를 내기도 어렵다. 우리 사회가 죽음을 애도하는 법을 잘 모르고 있다는 생각을 하던 차에 나는 오래전 어느 영화에서 본 인상적인 애도 의례를 떠올리게 됐고 뜬금없다 싶으면서도 그 영화 〈네 번의 결혼식과 한 번의 장례식〉을 다시 봤다. 새삼 느낀 것은 시종일관 경쾌한 '네 번의 결혼식'에 어떤 깊이를 부여해주는 '한 번의 장례식'이야말로 이 영화의 핵심이라는 것이었다. 주인공 찰스가 속해 있는 비혼非婚 친구들의 그룹에서 가장 연장자인 개리스가 심장마비로 사망하자 그의 파트너 매튜가 추도사를 낭독하는 장면은 여전히 인상적이다.

그때 매튜가 W. H. 오든의 「장례식 블루스」를 읽는다. 왜 하필 이 작품인가에 대해서도 설명이 가능하다. 둔감한 이성애자들도 눈치챌 수 있게 암시하고 있기도 하고, 에필로그에서 각자의 짝을 찾은 주요 인물들을 슬라이드처럼 보여줄 때 매튜 곁에 있는 남자를 통해 분명히 밝히고도 있듯이, 매튜는 게이다. 그가 수많은 비가悲歌 중에서 굳이 오든의 이 시를 고른 것은, 오든 역시 게이였으므로 매튜가 오든 시의 감정을 더 잘 이해하는 독자일 수 있었기 때문일 것이다. 이 영화의 대성공과 함께 급히 출간된 새로운 버전의 오든 시선집은 당시 영국에서만 30만 부가 팔려나갔다고 한다. 영국 사회파 모더니즘의 대표격인 시인이 이제는 이 아름다운 추도시로 기억되게 됐다.

이 시의 역사는 복잡하다. 최초 버전은 1936년 오든이 크리스토퍼 이셔우드와 함께 쓴 2막짜리 시극 『F6 산의 등반The Ascent of F6』에 발표한 것이었는데, 그때까지만 해도 극중 어느 정치인의 죽음에 부쳐진 시니컬한 작품이었다. 2년 후에 이 시가 벤자민 브리튼에 의해 노래로 만들어져 '장례식 블루스'라는 제목을 얻고 소프라노 헤들리 앤더슨에 의해 불리면서 지금과 같은 서정적 비가로 축약 손질됐다. 오든은 이 버전을 최종본으로 간주해 1940년 시집 『또다른 시간Another Time』에 '미스 헤들리 앤더슨을 위한 네 개의 카바레 노래'라는 제목의 연작시 중 3번으로 배치했다. 이후 그의 전집에는 제목 없이 '열두 개의 노래' 중 9번으로 최종 안착된다.

이 시를 전반부(1~2연)와 후반부(3~4연)로 나눌 수 있다. 전반부는 장례식이 시작되기 위해 필요한 준비가 무엇인지 말한다. 1연이 요청하는 것은 고요함이다. 시계, 전화, 개, 피아노 등 모든 것이 소리를 죽여야 하며 진행을 위해 필요한 북소리만 남아야 한다. (원문의 'muffled drum'은 소리를 낮추기 위해 천을 두른 북으로 흔히 장례식에 사용된다.) 2연이 요구하는 것은 동참이다. 하늘에 메시지를 적어 알려야 하고, 인간만이 아니라 동물들(비둘기)도 가세해야 하며, 경찰도 조의를 표하며 질서를 관리해야 한다. 사랑을 잃은 나는 온 세상이 함께 슬퍼해야 한다고 믿는 이기적인 사람이다. 적어도 그 순간만큼은 나의 마음이 다른 마음일 수가 없다.

남은 후반부의 강력한 울림을 더 잘 설명하기 위해 고심하다가 히라노 게이치로의 책 『나란 무엇인가』를 떠올렸다. 진정한 나를 찾느라 번민하는 이들, 혹은 너무 많은 나 앞에서 자신을 위선자라 자학하는 이들에게, 이 일본 소설가는 그냥 우리에게 여러 개의 나가 있음을 인정하는 편이 낫다고 조언한다. '나'란 나눌 수 없는 '개인個人, in-dividual'이 아니라 여러 개의 나, 즉 '분인分人, dividual'

들로 존재한다는 것이다. 우리가 여러 사람을 언제나 똑같은 '나'로서 만나는 것은 아니라는 것. 누군가와 반복적인 커뮤니케이션을 하다보면 그 앞에서만 작동하는 나의 어떤 패턴(즉, 분인)이 생긴다는 것. '나'란 바로 그런 분인들의 집합이라는 것.

이런 관점으로 '사랑'과 '죽음'이라는 사건을 바라볼 수 있다. 누군가를 사랑한다는 것은 그 사람만이 아니라 그와의 관계를 사랑한다는 것이다. 그로 인해 탄생하는 나의 분인을 사랑한다는 것이다. '나는 당신과 함께 있을 때의 내가 가장 마음에 든다. 그런 나로 살 수 있게 해 주는 당신을 나는 사랑한다.' 그렇다면 우리가 사랑하는 사람을 잃는 일이 왜 그토록 고통스러운지도 이해할 수 있다. 그를 잃는다는 것은 그를 통해 생성된 나의 분인까지 잃는 일이기 때문이다. '그의 죽음으로 인해 그 사람과만 가능했던 관계도 끝난다. 다시는 그를 볼 수 없다는 것은 다시는 그때의 나로 살아갈 수 없다는 뜻이다.'

이 '사랑과 죽음의 분인론'과 함께 3~4연의 절망을 더 잘 이해할 수 있다. 3연이 하나하나 확인하듯 말하는 것은 그가 나의 모든 시공간적 좌표, 즉 내 삶에 안정성과 방향성을 부여하는 틀 그 자체였다는 것이다. 내 속에는 많은 내가 있다. 고통과 환멸만을 안기는 다른 관계들 속의 나를 견뎌낼 수 있었던 것은 당신과 함께 있을 때의 내가 나를 버텨주기 때문이었다. 단 하나의 분인의 힘으로 여러 다른 분인으로도 살아갈 수 있었던 것이었다. 나에게 가장 중요한 사람이 죽을 때 나 중에 가장 중요한 나도 죽는다. 너의 장례식은 언제나 나의 장례식이다. 그러므로 이 시의 후반부는 자기 자신을 장사 지내는 사람의 말이다.

이런 말을 덧붙이자. 언젠가 기타노 다케시는 말했다. "5천 명이 죽었다는 것을 '5천 명이 죽은 하나의 사건'이라고 한데 묶어 말하는 것은 모독이다. 그게 아니라 '한 사람이 죽은 사건이 5천 건 일어났다'가 맞다." 이 말과 비슷한 충격을 안긴 것이 히라노 게이치로의 다음 말이었다. "한 사람을 죽이는 행위는 그 사람의 주변, 나아가 그 주변으로 무한히 뻗어가는 분인끼리의 연결을 파괴하는 짓이다." 왜 사람을 죽이면 안 되는가. 누구도 단 한 사람만 죽일 수는 없기 때문이다. 살인은 언제나 연쇄살인이기 때문이다. 저 말들 덕분에 나는 비로소 '죽음을 세는 법'을 알게 됐다. 죽음을 셀 줄 아는 것, 그것이야말로 애도의 출발이라는 것도.

외로움이 환해지는
순간이 있다

홀로움은 환해진 외로움이니

황동규

부동산은 없고

아버님이 유산으로 내리신 동산動産 상자 한 달 만에 풀어보니

마주앙 백포도주 5병,

호주산 적포도주 1병,

안동소주 400cc 1병,

짐빔Jim Beam 반 병,

품 좁은 가을꽃 무늬 셔츠 하나,

잿빛 양말 4켤레,

그리고 웃으시는 사진 한 장.

가족 모두 집 나간 오후

꼭 끼는 가을꽃 무늬 셔츠 입고

잿빛 양말 신고

답답해 전축마저 잠재우고

화분 느티가 다른 화분보다 이파리에 살짝 먼저 가을물 칠한 베란다에

쪼그리고 앉아

실란蘭 꽃을 쳐다보며 앉아 있다.

조그맣고 투명한 개미 한 마리가 실란 줄기를 오르고 있다.

흔들리면 더 오를 생각 없는 듯 멈췄다가

다시 타기 시작한다.

흔들림, 멈춤, 또 흔들림, 멈춤

한참 후에야 꽃에 올랐다.

올라봐야 별볼일 있겠는가,

그는 꽃꽃해진 생각처럼 쪼그리고 앉아 있다.

저녁 햇빛이 눈 높이로 나무줄기 사이를 헤집고 스며들어

베란다가 성화聖畵 속처럼 환해진다.

추억이란 애써 올라가

미처 내려오지 못하고 꽃꽃해진 생각이 아닐까.

어느샌가 실란이 배경 그림처럼 사라지고

개미만 투명하게 남는다.

그가 그만 내려오기를 기다린다.

:『우연에 기댈 때도 있었다』(문학과지성사, 2003)

지난 2016년 1월 21일에 황동규 시인을 만나 두어 시간 이야기를 나누고 그 내용을 정리해 매체에 보냈다. 글을 쓸 때는 미처 하지 못한 생각들이 뒤늦게 떠올라 여기에 적는다. 그날 대담이 끝나갈 무렵 무슨 이야기를 나누다가 나는 '선생님은 외로우십니까?'라는 질문을 던져야만 했다. "물론 외롭습니다." 그러나, 하고 시인은 덧붙였다. "외로움이 두렵지는 않아요. 내가 외롭다고 말할 때 그 말은 '외로워 죽겠다'가 아니라 그냥 '외롭다'라는 사실을 뜻할 뿐입니다. 내 외로움은 가볍습니다." 이 말씀이 인상적이었는데 상황이 여의치 않아 더 캐묻지 못했다. 그래서 나는 지금 혼자 묻고 있다. 외로움이란 무엇인가.

한 인간의 육체를 지탱하는 것이 밥이라면 정신을 북돋우는 것은 인정認定이다. 서구의 석학들이 한 말인데 기꺼이 동의하는 편이다. 언젠가 쓴 적이 있지만, 우리를 평생 놓아주지 않는 물음은 '나는 존재할 가치가 있는가?'이고, 그 물음은 깊은 곳에서 '나는 네가 욕망할(인정할) 만한 사람인가?'로 번역될 수 있을 것이다. 저 물음에 '그렇다'라고 답해주는 사람이 단 한 명도 없다면 삶은 지독히 '외로운 사업'이 되고 만다. 우리가 최소한의 인정 없이는 살 수 없음을 인정하는 것은 부끄러운 일이 아니다. 직업을 택하고 가족을 이루는 심층 동기가 거기에 있다고 해도 틀리지 않을 것이다.

인정 욕망이 충족되지 않을 때, 즉 외로울 때, 그것은 고통이자 위험이 된다. 그것은 니체의 차라투스트라가 찬미하는 '고독'과는 얼마나 다른가. "너의 고독 속으로 달아나라! 위대한 일은 한결같이 시장터와 명성에서 멀리 떨어진 곳에서 이루어진다."(『차라투스트라는 이렇게 말했다』, I-12) 그렇다면 차라리 '외로움loneliness'과 '고독solitude'을 분리하는 것이 나아 보인다. 한나 아렌트처럼 말이다. "고독 속에서 나는, 나 자신과 함께 있는, '홀로'이다. 그러므로 하나-속의-둘two-in-one이다. 반면 외로움 속에서 나는, 모든 타인들에 의해 버려진, 그야말로 하나one다."(『전체주의의 기원』) 요컨대 외로움과 달리 고독은 나를 둘로 나누어 대화하게 만든다는 것.

고독을 이해하기 위해서는 하이데거의 어려운 문장도 읽어볼 필요가 있다. 한 인간이 '개별화'되려면 '고독화'(라는 이상한 말로 옮길 수밖에 없다)를 겪어야 한다는 것. "개별화, 그것은 인간이 자신의 약하고 보잘것없는 자아를 완강하게 주장하여 그가 세계라 여기는 바로 이런저런 것에다 자신을 펼쳐나가는 것을 의미하는 것이 아니다. 개별화란, 오히려 개개의 인간이 그 속에서 비로소 처음으로 모든 사물의 본질적인 것에 가까이 이르게 되는, 즉 세계의 가까이에 이르게 되는 그런 고독화이다."(『형이상학의 근본개념들』) 그러니까 고독 속에서만 "처음으로" 사물과 세계의 본질에 가까워진다는 것이다.

한편 알랭 바디우는 기존의 지식과 언어로는 설명될 수 없는 '사건'을 경험하고 그 '진리'에 관통당한 자가 그것에 충실하기를 고집하면 고독에 처해질 것이라고 말한다. 이런 내용을 설명하는 페이지에서 백상현은 다음과 같은 아름다운 문장을 덧붙였다. "누구도 금지된 사랑에 매달린 두 사람을 동정하지 않는다. 누구도 도청을 사수했던 그들의 죽음을 이해하려 하지 않는다. 누구도 갈릴레이의 미친 지동설을 믿지 않는다. 귀를 자른 화가의 작품을 아무도 사지 않을 것이다. 그럼에도, 고독 속의 그들은 당신들의 평범함을 부러워하지 않는다. 미래는 그들의 것이었기 때문에."(『고독의 매뉴얼』)

보다시피 철학자들은 외로움과 고독의 차이에 이토록 예민하다. 그렇다면 시인들은? 내가 보기에 황동규는 외로움이 더는 외로움이 아니게 되는 순간을 가장 섬세하게 포착하는 시인 중 하나다. 그는 1997년 버클리대학에 반년 동안 방문교수로 가서는 차가 없어 거의 방안에 갇혀 지내다시피 할 때 일생일대의 끔찍한 외로움을 경험했다. "무언가를 찾으러 장롱 밑에 머리를 들이밀었다가 빠져나올 수 없는 상태"(『삶의 향기 몇 점』)에 비유될 만한 그 외로움을 그는 어떤 계기로 문득 극복할 수 있었다고 하는데, 시인은 그때를 '외로움이 환해지는' 순간이었다고 표현한다.

그때의 외로움은 더이상 외로움이라고 불리는 그 감정이 아닌데, 그것은 철학자들이 고독이라 부르는 것과도 또 달라서, 그는 새로운 말까지 만들지 않으면 안 되었던 것이다. 그것이 '홀로움'이다. 이 말 앞에서 나는 애가 탄다. 이것은 어떤 상태일까? 시인의 속시원한 설명은 없고 대신 홀로움에 대한 시만 여럿인데, 그중 「홀로움은 환해진 외로움이니」를 나는 가장 좋아한다. 얼마 전 돌아가신 선친의 유산은 술과 옷가지가 전부다. 빈집에서 그 아버지의 옷들을 걸쳐 입고 베란다에 쪼그려앉은 아들이 있다. 그는 지금 외로울까. 그럴 것이다. 그런 그가 실란 줄기를 기어오르는 개미를 보고 있다.

개미는 위태로운 등반 끝에 드디어 꽃에 도착한다. 그다음은? 더는 할일이 없어 그만 쪼그리고 앉아버렸다. 이 장면을 보고 있는 아들이 그러고 있었듯이. 그때 무슨 깨달음처럼 베란다 전체가 환해진다. "추억이란 애써 올라가 미처 내려오지 못하고 꿋꿋해진 생각이 아닐까." 추억은 지나간 시간에 대한 애착이 빚은 일종의 정지 상태라는 것. 그 추억에서 이제는 내려와야 할 때가 되었다. 개미가 다시 내려오기를 기다리면서, 그는 아버지를 비로소 떠나보냈고, 외로움은 환해져 홀로움이 되었을 것이다. 이렇게 짐작해 보는 것이지만 나는 아직도 홀로움을 다 알지 못한다. 아마도 그것은 아는 것이 아니라 겪는 것이리라.

유일한 황제는
아이스크림의 황제

아이스크림의 황제

월리스 스티븐스

큰 시가 마는 사람을 불러

근육질인 사람으로, 그리고 휘젓게 해

부엌의 컵 속 색정적인 응유凝乳를 말이야.

처자들은 늘 입던 옷 그대로

꾸물거리게 내버려둬, 소년들에게는

꽃을 지난 달 신문에 말아서 가져오라고 하고.

있는 것이 보이는 것의 피날레가 되도록 해.

유일한 황제는 아이스크림의 황제니까.

유리 손잡이가 세 개 빠진

전나무 경대에서 꺼내, 그 시트 말이야

한때 그녀가 공작비둘기 수놓았던 그것을 펼쳐서

그녀의 얼굴을 덮도록 해.

딱딱한 발이 삐져나온다면 그건

그녀가 얼마나 싸늘하고 또 묵묵한지를 보여주는 것이지.

램프의 빛줄기를 잘 고정시켜놓도록.

유일한 황제는 아이스크림의 황제니까.

: *Harmonium*, Knopf, 1923

한동안 아이스크림에 대해 진지하게 생각했다. 월리스 스티븐스의 시 「아이스크림의 황제」를 처음 읽었을 때 경험한 그 선뜩했던 충격의 정체가 무엇인지를 이제 한번 해명해보고 싶어졌기 때문이다. 우연히 읽은 이 시에 끌렸던 것일 뿐 지금도 내가 월리스 스티븐스에 대해 잘 안다고 말할 수는 없다. 변명거리가 없는 것은 아닌데, 동시대에 활동한 로버트 프로스트가 한국에서 누리는 명성을 생각해 보면, 우리에게 월리스 스티븐스는 너무 덜 소개됐다. 우리 영문학자들의 연구 성과도 미국 시사에서 이 시인이 차지하는 지위에 비하면 그 양이 적고 그의 시 세계 전체를 조망할 수 있는 시선집 하나 나와 있는 것이 없으니 말이다. 어렵기로 유명한 시인이지만 이 시만큼은 도전해볼 만하다는 생각이다.

1연부터 어리둥절하기는 하다. 왜 "시가여송연"이고 "아이스크림"이며 "근육질"인가? '주석'이 필요한 대목에서 '해석'을 시도해서는 안 된다. 지금 필요한 것은 우리의 '상상력'이 아니라 전문가가 알려주는 '사실'이다.

이 시는 미국 최남단 플로리다 주 키웨스트에서 치러진 가난한 여성의 장례식을 배경으로 한다. 키웨스트는 더운 지역이라 장례식 때 아이스크림을 대접했고, 1920년대는 냉장고가 나오기 전이어서 아이스크림을 직접 만들어 그 자리에서 먹는 것이 관례였다. (……) 키웨스트는 여송연 생산지로 유명하며 지금도 최고의 여송연은 사람이 직접 손으로 말아 만든다. 아이스크림을 휘저어 만드는 일은 상당한 힘을 요구해서 근육질의 남자가 맡아 하곤 했다.(손혜숙)

위 주석 그대로 1연은 아이스크림 만드는 장면을 그린 것이다. 모든 구절이 그 작업을 총괄 지시하는 사람의 명령으로 이루어져 있다. '큰 시가를 마는 근육질의 남자를 불러서 응유curds, 응고된 우유를 젓게 하라.' 시인은 응유에 생경하게도 "색정적인concupiscent"이라는 수식어를 달아서 이 제조 공정이 분만하는 에로틱한 에너지를 감지할 수 있게 했다. 프로이트라면 이 응유를 삶-충동에로스이 물질화된 것이라 했을지도 모르겠다. 육체적으로 힘든 일이니까 여자들은 쉬어도 좋다는 것과 재빠른 소년들은 행사에 필요한 꽃을 준비해야 한다는 것을 지시하는 내용이 뒤를 잇는다. 문제는 그다음 두 구절이다.

"있는 것이 보이는 것의 피날레가 되도록 해Let be be finale of seem." 숱한 해석을 낳은 구절이다. B가 A의 피날레가 된다는 것은 A가 결국 B로 귀결된다는 뜻이다. 모든 "보이는 것seem"은 결국 "있는 것be"으로 남게 된다는 것. 어떤 '있는' 것이 다양하게 자신을 꾸미고 바꾸어 특정한 방식으로 '보이게' 하며 만들어가는 것이 일생이다. 한 생애를 통해 다양하게 존재했던 '보임'이 아주 단순하고 투명한 '있음'으로 축소되는 순간이란 언제인가. 바로 장례식이다. 그러므로 이 구절은 1차적으로는 (2연에 시신으로 등장하는 '그녀'의) 장례식을 차질 없이 준비하라는 뜻이면서, 더 깊게는, 누구도 피해갈 수 없는 저 "피날레"의 준엄함을 잊지 말라는 명령이기도 하다.

이어 이 명령을 선언적으로 재확인하는 매력적인 구절이 나온다. "유일한 황제는 아이스크림의 황제니까." 모든 아름다운 '보임'은 결국 단순한 '있음'이 된다는 진실을 보여주는 행사가 장례식이라면, 장례식에서 나눠 먹는 아이스크림이야말로 그 진실의 절묘한 표상이 될 것이다. 앞서 아이스크림을 달콤한 삶의 미각적 표상으로 끌어올린 이 시는 이제 아이스크림의 또다른 특징은 그것이 녹아 없어진다는 것임을 상기하라고 암묵적으로 요청한다. '아이스크림은 달콤하다. 그러나 아이스크림은 녹는다.' 만약 이것이 인생의 '유일한' 진실이라면, 우리를 통치하는 '유일한' 황제는 바로 아이스크림의 황제임을 인정해야 할 것이다.

우리는 주석을 통해 1연이 장례식 준비 장면임을 미리 알고 시작했지만, 사전 정보 없이 1연에서 2연으로 넘어가는 독자는 아찔한 점프를 경험하게 될 것이다. 건강한 젊은이들과 달콤한 아이스크림의 세계에서, 왜 갑자기, 얼굴에는 시트가 덮여 있고 딱딱한 발이 시트 밖으로 삐져나와 있는 시신의 세계로 건너가야 한단 말인가. 그러나 이 이동과 더불어 우리는 삶과 죽음 사이의 거리가 부엌(1연)과 방(2연) 사이의 거리만큼 가깝다는 것을 알게 된다. 그렇게 2연을 읽고 나면 다시 1연으로 돌아가지 않을 수 없는데, 그때의 1연은 처음 읽을 때와는 달라진다. 이제 아이스크림을 만든다는 것은, 즉 산다는 것은, 언젠가 녹아내릴 유한한 달콤함을 누리는 일이 된다.

스티븐 킹의 단편소설 「하비의 꿈」에 대해 말하자면, 스티븐스의 이 시를 슬쩍 언급하고 있을 뿐 아니라 소설 자체가 저 시에 대한 하나의 해석으로 읽힌다. 세 딸을 모두 키워내고 노년기로의 진입을 앞둔 부부가 있다. 권태로운 일상에 진저리를 치는 아내에게 어느 날 아침 남편이 악몽을 꿨노라고 말한다. 남편이 주저하자 아내는 재촉한다. 꿈은 말해버려야 실현되지 않는다고. 그런데 남편이 꿈속에서 봤다는 일들이란 게 그가 자는 사이 모두 실제로 일어난 일이어서 아내는 섬뜩함을 느낀다. 결국 꿈의 끝에선 딸이 죽었다는 전화를 받고 절규하며 깨어나게 됐다는 것인데, 남편의 그 말이 끝나자마자 전화벨이 울리면서 소설은 끝난다.

실제로도 딸은 죽었으리라. 일상이라는 것이 이렇게 전화 한 통으로 무너질 줄 알았다면 부부는 결코 권태롭다 불평하지 않았을 것이다. 이 소설은 어리석은 우리가 자기 앞에 놓인 것이 아이스크림임을 알아보지도 못한다는 것, 혹은 그것이 영원히 녹지 않을 것처럼 행동한다는 것을 특유의 노련한 테크닉으로 경고한다. 그렇다면 허무주의에 빠지지 않기 위해선 쾌락주의로 전향해야 하는 것일까? '빨리 아이스크림이나 먹어.' 예컨대 폴 마리아니가 2016년 출간한 스티븐스 평전은 '아이스크림의 황제'에 대해 "우리가 주의를 기울여야 할 유일한 것은 순간 그 자체"이며 "우리가 숭배할 만한 유일한 것은 쾌락"이라는 논평을 붙여두기도 했으니까. 그런데 이것이 우리의 결론이어도 좋을까?

철학자 사이먼 크리츨리가 스티븐스 연구서 『그저 존재하는 것들Things Merely Are』에서 한 말은 쾌락주의의 취지와 같은가 다른가. "이 세상은 신들과 괴물과 영웅의 세계가 아니고, 날개 달린 영혼이 고요한 에테르 속으로 비상하는 세계가 아니다. 가까운 것, 낮은 것, 평범한 것, 불완전한 것들의 세계다. 이 불완전함이 우리에게 허락된 유일한 천국이다. 그 불완전함 속에서 천국을 발견해내는 것이 어려운 일이다." 이것은 아이스크림은 본래 조금씩 녹아 있기 마련이고 그때 가장 맛있다는 말이 아닐까. 아이스크림의 황제, 당신은 도대체 누구인가. 이 글이 끝나기 전까지 답을 찾아내길 원했으나 오늘의 아이스크림은 벌써 다 녹아버렸다.

운명이여,
안녕

서시

한강

어느 날 운명이 찾아와

나에게 말을 붙이고

내가 네 운명이란다, 그동안

내가 마음에 들었니, 라고 묻는다면

나는 조용히 그를 끌어안고

오래 있을 거야.

눈물을 흘리게 될지, 마음이

한없이 고요해져 이제는

아무것도 더 필요하지 않다고 느끼게 될지는

잘 모르겠어.

당신, 가끔 당신을 느낀 적이 있었어,

라고 말하게 될까.

당신을 느끼지 못할 때에도

당신과 언제나 함께였다는 것을 알겠어,

라고.

아니, 말은 필요하지 않을 거야.

당신은

내가 말하지 않아도

모두 알고 있을 테니까.

내가 무엇을 사랑하고

무엇을 후회했는지

무엇을 돌이키려 헛되이 애쓰고

끝없이 집착했는지

매달리며

눈먼 걸인처럼 어루만지며

때로는

당신을 등지려고 했는지

그러니까

당신이 어느 날 찾아와

마침내 얼굴을 보여줄 때

그 윤곽의 사이 사이,

움푹 파인 눈두덩과 콧날의 능선을 따라

어리고

지워진 그늘과 빛을

오래 바라볼 거야.

떨리는 두 손을 얹을 거야.

거기,

당신의 뺨에,

얼룩진.

⋮『서랍에 저녁을 넣어 두었다』(문학과지성사, 2013)

엘리자베스 퀴블러 로스의 고전 『죽음과 죽어감에 대하여』에 따르면 죽음을 앞둔 사람은 다음 다섯 단계를 거친다고 한다. 첫 단계는 '내가 죽을병에 걸렸다니 그럴 리가 없어'라고 생각하는 '부정'이다. 그러다 더는 부정할 수 없을 때 비로소 왜 하필 나인가 하는 '분노'를 느낀다. 그 뒤에는 '협상'을 시도하기도 한다. 지금까지와는 달라질 테니 한 번만 더 (혹은 조금만 더) 기회를 달라는 것. 그러나 결국 모든 것을 포기해야 한다는 것이 확실해지면 거대한 상실감이 '우울'을 불러온다. 그러고는 마지막, '수용'의 단계가 온다. "감정의 공백기"다. 이제 그만 쉬고 싶다는, 텅 빈 마음의 상태.

죽음에 관해서라면 '단 한 권의 책'이라고 해도 좋을 만큼 보편적인 찬사를 받아온 소설은 톨스토이의 『이반 일리치의 죽음』이다. 톨스토이는, '퀴블러 로스 모델'보다 한참 더 전에, 죽음을 향해 가는 인간 내면의 추이를 섬세하게 보여주었다. 판사 이반은 성공의 절정에서 불치병에 걸리는데, 그러고 나서야 비로소 삶을 되돌아보게 되고, 그동안 자신이 완전히 잘못 살아왔다는 사실을 깨닫는다. "한 걸음씩 산을 오른다고 생각했지만 사실은 한 걸음씩 산을 내려가고 있었던 거야." 어떤 사람은 죽음을 앞두고서만 자신의 삶을 정확하게 인식(평가)할 수 있다는 것. 제 삶의 진실을 처음으로 깨닫고 정확히 3일 뒤에 그는 죽는다.

이것이 죽음이라는 사건의 역설이다. '사건'은 진실을 산출하고 우리를 그것과 대면하게 해서 그 이전으로 되돌아갈 수 없게 만드는 일인데, 죽음 없이는 결코 깨달을 수 없는 진실이라는 것이 있다면, 죽음은 그야말로 결정적인 사건이라고 할 수 있다. 그런데 고약한 것은 우리에게 가장 중요한 진실(내 인생이 엉터리라는 것)을 알려주는 죽음이 그 진실에 응답할 기회까지 주지는 않는다는 것이다. 이제야말로 제대로 살 수 있을 것 같은데 더는 살 시간이 남아 있지 않은 것이다. (죽을 뻔했다가 살아난 사람이 있다면 이후 그의 삶은 바람직한 방향으로 확연히 달라질 것이다. 그러나 그런 행운을 누리는 사람은 드물다.)

하이데거는 『존재와 시간』의 한 대목에서 지나가듯 톨스토이의 저 소설을 언급하고 있는데, 그는 이반 일리치의 시행착오를 반복하지 않기 위해서는 '정말로 죽기 전에' 미리 죽어보는 일을 반복해야 한다는 요지의 말을 했다. '죽음이라는 가능성으로의 선구(미리 달려감)'라는 어려운 말이 뜻하는 바가 대략 그렇다. 물론 그것은 자살과는 다르다. (『실비아 플라스의 일기』를 보면 실비아 플라스는 1959년 2월 28일에 『이반 일리치의 죽음』을 다 읽고 이를 걸작이라 평했지만, 안타깝게도 이 소설은 그로부터 4년 뒤인 1963년

2월에 그녀가 죽음을 향해 나아가는 일을 막아내지 못했다. 그녀에게는 불가피했을 그 죽음을 과연 누가 막아낼 수 있었을까.)

하이데거는 죽음을 내내 '가능성'이라는 말로 지칭한다. 그리고 자살은 '죽음이라는 가능성'의 그 가능성을 없애는 일이라고 말한다. 죽음은 무엇에 대한 가능성일까? 진정한 삶("본래적 실존")을 살기 위한 가능성이다. 우리는 '인간은 죽는다, 카이사르는 인간이다, 고로 카이사르도 죽는다'라는 것을 알지만, 인간 일반이 아니라 나 자신의 죽음은 언제나 '아직은 아닌' 일처럼 생각하며 산다. 본래성이 아닌 일상성의 세계에서, 그러니까 거짓된 망각의 세계 속에서 말이다. 그것으로부터 빠져나와서 내 죽음과 대면해야 비로소 진정한 삶을 살 수 있으니 바로 그런 가능성의 지평으로 나아가라는 것. 그런데 그것은 무엇일까, 죽음으로 미리 달려가본다는 것은?

한강의 시를 읽으며 그 물음과 또 한번 대면했다. 시집 『서랍에 저녁을 넣어 두었다』에는 아름다운 시가 많은데 내가 유독 「서시」에 끌린 것은 언젠가부터 나의 죽음에 대해 생각하는 때가 잦아진 탓이다. 그런데 이 시는 죽음에 대한 시가 맞기는 한가? "어느 날 운명이 찾아와 나에게 말을 붙이고 내가 네 운명이란다, 그동안 내가 마음에 들었니, 라고 묻는다면 나는 조용히 그를 끌어안고 오래 있을 거야." 운명을 만나 그가 내게 행한 일을 돌이켜 생각하게 되는 때는 생의 마지막 순간이지 않을까. 그러니 죽음에 대한 시가 맞을 것이다. 아니, 맞는 정도가 아니라, 아주 독특하고 아름다운 죽음의 시라고 해야 하리라. 운명을 이렇게 그릴 수 있다니 말이다.

운명이 고전 비극에서처럼 대결과 투쟁의 대상으로 그려지거나, 간구하고 복종해야 할 초월자/절대자로 그려지고 있지 않다. 이 시의 빛나는 착상은 운명을 의인화한 데에, 게다가 수평적으로 평등한 대상으로 설정한 데에 있다. 이 운명은 내 앞에 나타나 '그동안 내가 마음에 들었니?'라고 묻는 운명이다. 어떻게 이 운명의 멱살을 잡거나 그 앞에 무릎을 꿇을 수 있겠는가. 화자는 운명과의 만남을 미리 상상해본다. 제 운명을 껴안아주고 싶다고 생각하고, 그에게 무슨 말을 해야 할까를 생각한다. 이것은 마치 태어나자마자 헤어진 쌍둥이가 오랜 세월이 지난 후 최초의 상봉을 앞두고 하는 생각들처럼 보이지 않는가.

그날이 오면 화자는 말을 아끼겠노라고 말한다. 말없이도 서로를 다 이해할 수 있을 것이므로. 떨어져 있었지만 늘 함께였던 나와 내 운명, 그 애증의 세월을 이제는 다 뛰어넘어서, 그저 운명의 얼굴을, 그 얼굴에 새겨진 "그늘과 빛"을 오래 바라보겠다는 것. 그것은 곧 내 삶의 "그늘과 빛"이기도 할 것이기에. 운명이 눈물을 흘리기라도 한 것일까? 화자가 운명의 '얼룩진 뺨'에 가만히 두 손을 얹으면서 이 시는 끝난다. 이 만남이 뜻하는 바는 무엇일까. 죽음으로 미리 달려가보는 일이 지금 이 삶을 위한 것이었듯, 최후의 순간에나 가능할 운명과의 만남을 당겨 상상해보는 것 역시 내가 지금 살고 싶은 삶이 어떤 것인지를 말하기 위한 것이 아닐까.

그것을 니체식으로 '원한 없는 삶'이라 부르고 싶다. 내 삶이 어떤 고통과 슬픔으로 얼룩졌더라도/얼룩지더라도 내 운명을 원망하지 않겠다는 마음. 그런 마음으로, 윤동주의 같은 제목의 시에서처럼, 자신에게 주어진 길을 고요히 걸어가겠다는 다짐으로서의 서시. 그런데 서시란 서문을 대신하는 시이므로 시집 맨 앞에 있어야 할 텐데 어째서 한강의 「서시」는 시집의 끝에 있는가. 죽음에 대한 시이기 때문일 것이다. 죽음이라는 사건은 인생의 끝에서야 쓰게 되는 서시 같은 것이므로. 그때야 진정한 삶이 무엇인지를 알게 되고 다시 처음인 듯 살아가고 싶어지니까. 그러나 그건 너무 늦지 않은가. 그러니 나는 미리 써야 하고 매일 써야 한다. 나는 죽는다, 라는 문장으로 시작되는 그 시를.

4부

역사의 선

그런 애국심 말고
다른 것

방패 때문에

아르킬로코스

방패 때문에 사이아Saia의 누군가는 우쭐하겠지.

덤불 옆에 나는, 원하진 않았지만, 흠 잡을 데 없는 나의 무장武裝을 버렸네.

그러나 내 몸을 구했네. 왜 내가 그 방패를 염려하랴?

가져가라지. 그에 못지않은 것을 나는 다시 가지리라.

가장 아름다운 것

사포

어떤 이들은 기병대가, 어떤 이들은 보병대가

또 어떤 이들은 함대가

검은 대지 위에서 가장 아름답다 하지만

나는 사랑하는 이라 말하겠어요.

(……)

: 김남우·홍사현 옮김, 헤르만 프랭켈, 『초기 희랍의 문학과 철학』(아카넷, 2011)

“애국심은 사악한 자들이 내세우는 미덕이다Patriotism is a virtue of the vicious.” 오스카 와일드의 말이라고 알려져 있고 널리 인용되는 문장이다. 2016년 출간된 『오스카리아나』의 469쪽에도 이 문장이 적혀 있다. 그가 했을 법한 말이기는 한데 (해외 네티즌을 포함한) 누구도 출처를 모르는 것 같아 의아했다. 그 대신 “애국심은 국민의 악덕이다Patriotism is the vice of nations”라는, 비슷하지만 다른 문장이 옥스퍼드대 잡지 『카멜레온』(1894년 12월호)에 실려 있다는 게 위키인용집Wikiqoute의 설명인데, 해당 호에 오스카 와일드의 기고가 게재돼 있기는 하되 그 글에는 둘 중 어떤 문장도 없다.

어쩌면 오스카 와일드의 문장이 아닐지도 모르겠다는 생각이 드는데 중요한 것은 그게 아니다. 누가 쓴 것이건 숱하게 되풀이 인용돼왔다는 것은 저 말이 애국심의 강요를 억압으로 느끼는 이들에게는 통쾌한 진실로 느껴졌다는 뜻이리라. 그러나 다른 어떤 이들에게는 용납할 수 없는 망발로 느껴질 만한 말이기도 하다. 우리 대통령에게도 그랬을 것이다. 대통령은 2015년에도 영화 〈국제시

장〉을 인용하며 "국민들이 괴로우나 즐거우나 나라 사랑할 때 나라가 발전"한다고 강조했고, 2016년 광복절 경축사에서도 "대한민국을 부정적으로 묘사하는 잘못된 풍조"를 질타했다. 애국심은 '선량한 국민의 미덕'이라고 믿는 것이리라.

그러나 나는 모르겠다. 국가를 사랑한다는 것은 무엇일까. 국가의 구성 요소는 주권, 영토, 그리고 국민인데, 그렇다면 이 나라를 사랑하는 것은 그 구성원들을 사랑하는 것이기도 해야 한다. 그러나 이 나라를 사랑한다고 확신하는 사람도 이 나라 국민 전체를 사랑한다고 자신할 수는 없을 것이다. 어쩌면 '대통령'은 모든 국민을 공평하게 사랑해야 한다는 그 어려운 과제를 수행해야 하는 자리인지도 모른다. 그것은 가능한 일일까? 가능한 일이었다면 세월호 사건 유족들이 진실을 밝히려다가 대통령의 무관심과 정부의 방해 때문에 또 단식까지 할 필요는 없었을 것이다.

결국 나라를 사랑한다는 것은 실질적으로는 '나와, 내가 사랑하는 사람들'을 사랑하는 일에 불과한 것일지도 모른다. 애국이 그런 것이라면, 대통령을 포함한 우리 모두가 이미 각자의 애국을 하고 있는 셈인데, 왜 누군가가 다른 누군가에게 애국심을 가지라고 말하는 일이 벌어지는 것일까. 그것은 자신도 할 수 없는 '모든 국민 사랑하기'를 다른 사람에게 하라고 강요하는 일이지 않은가. 더 분명히 말하면, 대통령과 그 주변 사람들이 말하는 애국이란, 그들이 사랑하지도 않는 국민에게까지 '우리는 당신들을 사랑할 생각이 없지만 당신들은 우리를 포함한 국민 모두를 사랑해야 해'

라고 말하는 일이지 않은가. 그것은 부당한 요구다.

당시 대통령의 연설은 자주 위협과 훈계와 회유의 화법을 취했는데 이것은 대통령의 성별과 무관하게 전형적인 가부장의 화술이다. 그런데 그 가부장이 일부를 제외한 대다수의 가족을 그다지 사랑하지 않는다는 것을 요즘 자주 느낀다. 대통령은 적의 도발에 대비해 국민을 지키기 위한 결단을 말하지만, 진짜 부모라면 '적의 도발'이라는 가정 자체를 거부할 것이다. 부모의 마음은, 전쟁이 벌어졌을 때 가족과 함께 용감히 싸우겠다는 마음이 아니라, 애초 전쟁 자체가 일어나지 않도록 하기 위해 무릎이라도 꿇겠다는 마음일 것이기 때문이다. 그러나 분연히 맞서길 부르짖는 이들은 불가피한 희생을 전제한다. 자신은 아닌, 다른 누군가의 희생말이다.

그리스의 옛 서정시에서 시대를 초월한 해방감을 느끼게 되는 것은 가짜 부모들의 명령에 '아니요'라고 말하는 개인의 목소리가 거기에 있어서다. 호메로스나 헤시오도스 등의 서사시의 시대가 서정시의 시대로 이행하는 과정에서 '집단'과 '전쟁'과 '애국'과 '명예' 등등의 가치에 균열을 가져온 것은 서정시인들의 '나'의 목숨과 사랑에 대한 단호한 애착이다. 그 맨 앞자리에는 "여우는 많은 것을 알지만 고슴도치는 큰 것 하나를 안다"라는 문장으로도 유명한 아르킬로코스가 있다. 그리고 그 시대를 상징하는 가장 아름다운 목소리는 여성의 것인데 그 이름은 사포다.

헤르만 프랭켈의 『초기 희랍의 문학과 철학』에 따르면, 아르킬로코스는 전투로 생계를 유지한 직업적 전사였다. 그가 사이아인들과의 전투에서 위기에 처했던 때가 있었다. 당시의 구호 중 하나는 '방패를 들고, 아니면 방패에 실려!'였는데, 적에게 방패를 빼앗기는 치욕을 당하느니 차라리 죽어 방패에 실려 돌아오라는 뜻이었다. 그러나 그는 방패를 버리고 목숨을 택했다. 내면화돼 있는 타자의 목소리를 따랐다면 목숨을 끊었을 것이나 그 순간 그가 따른 것은 자기 자신의 명령이었다. 헤르만 프랭켈이 "무의미해 보이는 순교적 희생"을 거부하는 "난폭할 정도의 솔직함"이라고 지칭한 것이 다음 다섯 글자에 짜릿하게 응축돼 있다. "가져가라지."

사포는 오늘날 레즈비어니즘의 상징 중 하나다. 그가 당시 여성들의 '동아리Thiasoi'에서 멘토이자 연인으로서 소녀들을 사랑했다는 것과 그래서 그곳 '레스보스'섬이 오늘날 '레즈비언'의 어원이 됐다는 사실도 잘 알려져 있다. 앞에서 인용한 것은 아낙토리아라는 소녀를 그리워하며 쓰인 5연 분량 시의 첫 연이다. 전쟁 영웅을 숭상하고 무기의 아름다움을 찬미하는 사람들 가운데에서 사포는 그 모든 것보다 한 소녀를 택한다. 아름다운 것을 내가 욕망하는 것이 아니라 내가 욕망하는 것이 아름답다는 이 시의 전언은 집단이 아니라 개인이 가치의 입법자여야 한다는 시인의 선언이기도 하다.

이런 개인들의 목소리를 옹호하는 일은 공동체의 운명에 무관심하고 무책임한 개인이 되는 것과는 다른 일이다. 다만 권세 있는 이들이 그렇지 못한 이들에게 애국하라고 말할 때 그 말은 자신들도 하지 못하는 일을 우리에게 하라는 말이어서 따를 수 없다는 것이다. 우리에게 필요하고도 가능한 일은, '평상시에' 누군가의 사랑이 다른 누군가의 사랑보다 덜 고귀한 것이 되지 않도록 하는 일, '유사시에' 돈도 힘도 없는 이들의 사랑이 돈 많고 힘있는 이들의 사랑을 지키는 희생물이 되지 않도록 하는 일, 그리하여 '언제나' 우리 각자가 사랑하는 사람을 계속 사랑할 수 있는 세상을, 그러니까 평화를 함께 지켜내는 일일 것이다. 이런 것도 애국이라면, 애국자가 될 용의가 있다.

윤동주는 '최후의 나'를 향해 갔다

사랑스런 추억

윤동주

봄이 오던 아침, 서울 어느 쪼그만 정거장에서

희망과 사랑처럼 기차를 기다려,

나는 플랫폼에 간신艱辛한 그림자를 떨어뜨리고,

담배를 피웠다.

내 그림자는 담배 연기 그림자를 날리고,

비둘기 한 떼가 부끄러울 것도 없이

나래 속을 속, 속, 햇빛에 비춰, 날았다.

기차는 아무 새로운 소식도 없이

나를 멀리 실어다주어,

봄은 다 가고 — 동경東京 교외 어느 조용한 하숙방에서, 옛 거리에 남은 나를 희망과 사랑처럼 그리워한다.

오늘도 기차는 몇 번이나 무의미하게 지나가고,

오늘도 나는 누구를 기다려 정거장 가까운

언덕에서 서성거릴 게다.

— 아아 젊음은 오래 거기 남아 있거라.

: 1942년 5월 13일 강처중에게 보낸 편지 중에서

"조금 아는 것은 위험한 것이다. 깊이 마시지 않을 거라면 피에리아의 샘물을 맛보지 말라." 알렉산더 포프의 장시 「비평론An Essay on Critisism」의 215~216행이다. 조금 아는 사람이 위험한 것은 그가 다 안다고 생각하는 경향이 있기 때문이다. 그러나 많이 아는 사람은 자신이 알아야 할 것이 아직 많이 남아 있음을 안다. 이어지는 대목이 이렇다. "얕은 한 모금은 뇌를 취하게 만들지만, 많이 마시면 다시 명철해지리라." 그러니까 이런 말이다. 이젠 좀 알겠다 싶으면 당신은 아직 모르는 것이고, 어쩐지 점점 더 모르겠다 싶으면 당신은 좀 알게 된 것이다.

학문과 예술에 입문한 사람들이 새겨야 할 말이지만, 어떤 대상(사람)에 대한 판단을 내리기 전에도 떠올려야 할 말이다. 당신은 윤동주를 아는가? '조금 아는' 사람만이 '안다'고 단언할 것이다. 문제는 대다수의 한국인이 그럴 가능성이 높다는 것이다. 우리 잘못만은 아니다. 초등학교에서부터 윤동주의 시를 배웠다. 그와 동시에 거기에 깔려 있는 기독교적 윤리 감각과 자기 성찰적 태도와 부끄러움의 정서와 저항시적 성격을 외워야 했다. 우리는 인생의 어느 한 시점에 스스로 윤동주를 발견하고 대화하고 감동받을 수도 있었을 텐데 그럴 기회를 박탈당했다. 조금 알고, 그것으로 끝이었다.

나 역시 그랬다. 국문학과 학부를 다니는 동안 윤동주의 시를 읽은 기억이 없다. 대학원에 진학해서야 그를 다시 읽었고, 그의 아름다운 시 「병원」을 뒤늦게 발견했으며, 내가 윤동주를 잘 몰랐다는 사실을 깨달았다. 그러고는 또 한동안 잊고 지내다 최근에 다시 『정본 윤동주 전집』을 꺼내든 것은 역시 영화 〈동주〉 때문이다. 신연식의 각본과 이준익의 연출은 훌륭했다. 윤동주가 일본에 도착한 이후 체포될 때까지의 시기에 대해서라면, 사실관계는 거의 밝혀져 있지만 그의 내면 공간이 어떠했는지는 미지로 남아 있는데, 이 영화는 그 시기 그의 내면에 깊이 있는 주석을 다는 데 성공했다.

그 여운 속에서 나는 나대로 그 시기의 윤동주에 대해 생각한다. 송우혜의 『윤동주 평전』과 김응교의 『처럼』 등에 따르면 윤동주는 1942년 3월 부산을 떠났고 4월 2일에 도쿄 릿쿄立教대학에 입학했다. 그가 일본에서 쓴 모든 글은 이듬해 7월에 체포되면서 망실됐다. 친구 강처중에게 띄운 편지에 적어 보낸 다섯 편의 시가 남아 있을 뿐이다. 윤동주가 도쿄에서 교토로 거처를 옮기고 '재在 교토京都 조선인 학생 민족주의그룹'에 가담하기까지의 내면의 추이를 이해하기 위해서는 오직 저 시들을 읽고 또 읽을 수밖에 없다. 저 마지막 다섯 편 중에 「사랑스런 추억」과 「쉽게 씌어진

시」가 들어 있다.

「사랑스런 추억」이 아름답기는 해도 중요한 작품은 아닌 것일까. 그리고 「쉽게 씌어진 시」와는 동떨어진 작품일까. 흔히들 그렇게 말하지만, 그렇지만은 않다. 화자는 봄이 다 간 도쿄에서 봄이 오던 무렵의 서울을 생각한다. 서울에서의 어느 날 나는 "희망과 사랑처럼" 기차를 기다리고 있었다. 그때는 희망도 사랑도 없었다는 뜻이다. 무슨 "새로운 소식"이 있었던 것도 아닌데 어느덧 지금은 도쿄에 와 있다. 6~7연에서 도쿄의 나는 서울의 나를 눈앞에서 보듯 떠올리고 있다. '오늘도 기차는 무의미하게 지나가고 오늘도 나는 누군가를 기다리고 있겠지.' 이제 와 돌아보니 그곳의 내가 "희망과 사랑처럼" 그리워진다.

그저 유학 초기의 향수병을 노래한 시가 아니다. "봄이 오던 아침"(1연)과 "봄은 다 가고"(5연) 사이의 시간, 그러니까 기껏해야 2~3개월이 흘렀을 뿐이다. 두세 달 전의 내가 왜 그립기까지 한가. 그사이 내 안에서 무언가가 결정적으로 달라졌다는 뜻이다. 그래서 '지금의 나'는 '여기'에 있지만 '그날의 나'는 여전히 '거기'에 있다는 발상이 나왔다. "아아 젊음은 오래 거기 남아 있거라." 불과 2~3개월 만에 늙어버린 내가 몇 달 전의 나에게 애틋한 작별 인사를 건넨다. 불가피하게 떠나와야 할 과거의 나인데, 막상 떠나려 하자 눈물겹게 그립다는 것이다. 나는 이 시가 불길하다. 윤동주는 어디로 가려는 것일까.

잇달아 쓰인 「쉽게 씌어진 시」에 그 해답이 있다고 생각한다. 마지막 두 연을 옮긴다. "등불을 밝혀 어둠을 조금 내몰고,/시대처럼 올 아침을 기다리는 최후의 나,//나는 나에게 작은 손을 내밀어/눈물과 위안으로 잡는 최초의 악수." 그러니까 윤동주는 "최후의 나"를 향해 간 것이다. 최초의 나 이후로 여러 나를 살아왔지만 그것은 여기까지 오기 위한 과정이었고 이제 더는 바뀔 수 없는 내가 되었다는 뜻이리라. '최후의 나'라는 말에는 자책과 자부가 아프게 엉켜 있다. 우리는 그의 자책을, 그가 얼마나 부끄러워했는지를 안다. 그러나 그의 자부, 그 부끄러움을 이겨내기 위해 얼마나 노력했는지에 대해서도 잘 아는가.

이 "최후의 나"가 탄생하면서 "최초의 악수"가 비로소 가능해졌다고 생각하면 가슴이 아프다. 이 악수는 "내가 나에게" 하는 악수다. "최초의 악수"라고 했으니 그 이전에는 악수를 한 적이 없었다는 말이다. 부끄러워만 했던 시절의 윤동주는 자기 자신을 한 번도 온전히 긍정한 적이 없었던 것 같다. 그러나 이제는 달라졌다. '최후의 나'가 탄생하여 '직전의 나'에게 손을 내민다. 여기까지 오느라 수고했다고, 이제 너는 부끄럽지 않아도 된다고. 또 '직전의 나'는 '최후의 나'에게 답했을 것이다. 네 앞날이 걱정스럽다고, 그러나 네가 자랑스럽다고. 이 새벽의 악수에 어찌 "눈물과 위안"이 없을 수 있었을까.

윤동주의 '최후의 나'는 등불을 들고 어둠 속으로 걸어들어갔고 1945년 2월 16일에 후쿠오카 형무소에서 죽었다. 그는 "인생은 살기 어렵다는데/시가 이렇게 쉽게 씌어지는 것은/부끄러운 일이다"라고 적었다. "인생은 살기 어렵다는데"라는 어정쩡한 표현에는 아직 인생을 제대로 살아본 적도 없다는 겸손이 담겨 있다. 그러나 그는 시를 쉽게 쓴 것이 아니라 인생을 어렵게 살았다. 자신을 넘어서려는 노력, 결국 '최후의 나'에 도달하려는 노력, 그것이 그를 죽게 했고 영원히 살게 했다. 이제 나는 그의 문장을 반대로 뒤집어 나에게 읽어준다. '시는 쓰기 어렵다는데 인생이 이렇게 쉽게 살아지는 것은 부끄러운 일이다.'

그러나 문학은
기적적이다

나는 너다 44

황지우

1980년 5월 30일 오후 2시, 나는 청량리 지하철 플랫폼에서 지옥으로 들어가는 문을 보았다. 그 문에 이르는 가파른 계단에서 사람들은 나를 힐끗힐끗 쳐다만 보았다. 가련한지고, 서울이여. 너희가 바라보는 동안 너희는 돌이 되고 있다. 화강암으로 빚은 위성도시衛星都市여, 바람으로 되리라. 너희가 보고만 있는 동안,

주주의는 죽어가고 있습니다, 여러분!

웁시다, 최후의 일인까지!

내 소리가 들리지 않느냐?

내 소리를 못 듣느냐?

아, 갔구나, 갔어. 석고로 된 너희 심장을 내 꺼내리라.

나에게 대들어라. 이 쇠사슬로 골통을 패주리라.

왜 내가 너희의 임종을 지켜야 하는지! 잘 가라, 잘 가라.

문이 닫히고 나는 칼이 쏟아지는 하늘 아래로 갔다.

파란 유황불의 화환花環 속에서 나는 눈감고 가만히 앉아 있었다. 몸이 없어지는 것을 나는 경험했다. 부끄러움의

재 한 줌.

: 『나는 너다』(풀빛, 1987)

1980년 5월, 황지우(본명 황재우, 당시 29살)는 서울에 있었다. 1952년 해남에서 태어나 광주에서 자란 그는 1972년에 서울대 미학과에 입학했는데 이듬해 유신 반대 시위를 주동하여 강제 입영됐다가 1976년에 복학한 터였다. 1980년 당시에는 조교로 근무하면서 사르트르와 메를로퐁티를 비교하는 논문을 준비중이었다. 그는 4형제(승우, 병우, 재우, 광우) 중 셋째였다. 그보다 14살이 많은 맏형 황승우는 그에게 아버지 같은 존재였는데 독학으로 영어를 익혀 광주에서 영어를 가르치고 있었고, 서울대 경제학과를 다니던 아우 황광우는 지명수배중이어서 행방을 알 수 없었다.

그해 5월 어느 날 황지우가 광주로부터 들은 소식은 이런 것이었다. "나는 서울에서 큰형님과 마지막 통화를 하였다. 광주는 쑥밭이 되었고 지금도 금남로 상공에 검은 연기가 치솟고 있다는 것, 광우와 나는 절대로 광주에 와서는 안 된다는 것, 그런 내용이었다. 그러나 그런 이기적인 형제애를 큰형님 자신부터 배신했다." 큰형 자신의 증언은 다음과 같다. "5월 광주항쟁 현장에서 광주시민들이 취재 나온 외신기자들에게 통역해줄 이를 찾았다. 나는 용기를 내 통역에 나섰다. 통역 도중 나는 시민들에게 외쳤다. 여러분, 지금 상무관 안에 시신들이 놓여 있다고 합니다. 나와 외신기자들을 상무관으로 안내해주세요. 이들에게 계엄군의 만행을 보여줘야 합니다." 그가 번역해준 내용이 『뉴스위크』를 통해 전 세계에 알려졌다.

그러나 국내에서 광주는 철저히 고립돼 있었다. 서울의 황지우는 아무것도 모르지 않았으므로 가만히 있을 수 없었다. 5월 30일, 그는 '땅아 통곡하라'라는 제목의 유인물을 만들어 가방에 담고 집을 나섰다. 정장을 하고 안개꽃 다발까지 든 것은 위장을 위해서였다. "나는 유인물을 만들어 종로에 뿌렸고 청량리 지하철에서 체포되어 합수부에 끌려갔다." 그가 유인물을 뿌린 곳은 종로 단성사 극장 앞이었는데 체포된 장소는 지하철 청량리역이었으니 그는 아마 지하철을 타고 집으로 돌아가다가 20분 만에 붙잡혔을 것이다. 계엄합동수사본부가 지휘하는 밀실에서 황지우는 그해 여름을 보내게 된다.

"단성사 극장 앞에 나가 유인물 몇 장 뿌린, 이 초라한 사건은 김대중 내란 음모와 관련된 도심지 폭동 사건으로 위조되어 있었습니다." 반복되는 고문 속에서 그는 자신에게 육체가 있다는 사실을 저주하였고 친구를 무고誣告하는 허위 자백을 하고 만다. 영문도 모르고 끌려온 친구는 그가 보는 앞에서 같은 고문을 당해야 했다. "그의 코와 입으로 꿀꺽꿀꺽 들어가는 물과 함께 돼지 목따는 것 같은 비명이 터져나오고 그가 나에게 퍼붓는 욕·저주를 들었을 때 나는 내 영혼이 찢어지는 것을 느꼈고 내 내부가 파열되었습니다." 그는 그해 초겨울에야 그곳에서 나올 수 있었다. 그리고 3년 뒤 그의 첫 시집 『새들도 세상을 뜨는구나』가 세상에 나온다.

이 이야기를 나는 20~30대 독자들을 위해 적었다. 1980~1990년대에 청년 시절을 보낸 이라면 황지우 시인을 아는 이가 많을 것이고, 또 황지우 시인을 안다면 이 사건을 아는 이도 적지 않을 것이다(이것까지 안다면, 그해 5월 이후 출가한 그의 큰형이 훗날 '영어 잘하는 스님'으로 화제를 모은 황혜당 스님이라는 사실과 노동운동가로 한 시대를 살아낸 아우 황광우가 지금은 인문학 저술가로 활동중이라는 것까지 알지도 모르겠다). 청량리에서 체포되던 당시의 일을 그는 몇 년 후에 시로 썼다. 죽음을 두 번 암시하는 숫자 '44'가 제목을 대신하는 그 시는 세번째 시집 『나는 너다』에 수록된다. 다시 5월이 와서 나는 이 시를 또 읽는다.

"1980년 5월 30일 오후 2시, 나는 청량리 지하철 플랫폼에서 지옥으로 들어가는 문을 보았다." 플랫폼에 내리면 계단을 통해 밖으로 나간다. 밖으로 나가는 그 길이 그에게는 지옥으로 들어가는 길로 보였다. 체포되어서 끌려가는 중이었으니까. 그는 저항하며 외쳤다. "주주의는 죽어가고 있습니다, 여러분!" "웁시다, 최후의 일인까지!" 지하철 소음 때문에 앞부분이 들리지 않았던 것일까. 한 글자씩 지워지면서 더 절묘해졌다. "민주주의"에서 "민"이 빠지면서 이 나라의 주인이 '민'이 아니게 된 상황을 탄식하는 말이 됐고, "싸웁시다"에서 "싸"가 빠져 "웁시다"가 되면서 이 비극을 함께 울어달라고 호소하는 말이 되었다.

그때 지하철을 타기 위해 계단을 내려오는 서울 시민들은 소리치며 끌려가는 한 남자를 보면서 무엇을 했을까. 아무것도, 안 했다. 그냥 보기만, 했다. 그때 그를 스쳐간 생각은 이것이다. "가련한지고, 서울이여." 끌려가는 사람이 오히려 지켜보는 사람을 가련히 여기다니. 시인에게는 저 무지해서 무정한 사람들이 돌덩어리처럼 보였다. 저렇게 돌이 되어가면서 세상은 멸망할 것 같았다. 그래서 끌려가는 것은 자신이지만 죽어가는 것은 사람들이라고 생각했다. 어쩌면 이때 그의 심정은 곧 멸망할 소돔을 떠나는 롯의 그것과 비슷했을까? 홀로 세계의 멸망을 예고했으나 열 명의 의인義人은커녕 한 사람도 그의 외침에 응하지 않았으니?

아니다. 소돔의 롯은 언덕 위에서 구원받았으나 서울의 황지우는 지하에서 고문받을 것이었으므로. 시의 후반부에서 그는 지하철 출입구 밖으로 끌려나온다. 지옥 안으로 들어온 것이니 지옥의 문이 뒤에서 닫힌다. "칼이 쏟아지는 하늘" 아래에서, "파란 유황불의 화환花環" 속에서, 그는 자신이 한줌의 재가 되어버렸다고 적었다. 그러나 문학은 기적적이다. 그가 등단 이후 쏟아낸 놀라운 시들은 바로 그 잿더미에서 솟아오른 것들이므로. 그의 시들은, 광주와 서울 사이에 있어야 할, 그러나 끊어져버린 어떤 선을 연결하는 일에 집요하게 바쳐졌다. 그러므로 이 시가 "부끄러움"으로 끝난 것을 시인 자신은 납득할지라도 한국시사는 납득하지 못한다.

20년 전 이 시를 처음 읽었을 때 나는 '연민'과 '공포'를 동시에

느꼈다. 그러니까 그것은 어떤 비극적인 것에의 감전이었다. 비극의 주인공은 하마르티아hamartia, 실수 혹은 결함 때문에 불행해진다. 황지우의 경우, 이 세계가 병들어 앓을 때 '가만히 있지 못하는' 성정性情도 그의 하마르티아이겠지만, 그런 자신에게서 기어이 어떤 비겁의 자취를 적발해내는 결벽潔癖 또한 그의 하마르티아일 것이다. 그의 하마르티아가 그를 불행하게 했는지 어땠는지를 판정할 사람은 본인뿐이다. 그러나 바로 그것들 때문에 그의 시가 특유의 뜨거운 긴장을 배타적으로 독점해왔음을 증언해줄 사람은 나를 포함해 수없이 많다.

: 직접 인용 형식으로 옮긴 회고와 증언은 황혜당, 『스님! 어떻게 영어를 그렇게 잘하십니까?』와 황지우, 「끔찍한 모더니티」에서 발췌한 것이다.

광화문에서
밥 딜런이 부릅니다

시대는 변하고 있다

밥 딜런

사람들아 여기 모여라

그대가 어디를 떠돌고 있든.

인정하라 그대 주위의 물이 차올랐다는 것을.

그리고 받아들여라

곧 당신이 뼛속까지 젖게 될 것임을.

당신의 시간이 구해낼 가치가 있는 것이면

헤엄치기 시작하는 게 좋을 것이다

아니면 돌처럼 가라앉게 되리니.

시대는 변하고 있으므로.

작가와 비평가들이여 오라

펜으로 예언하는 그대들.

두 눈을 크게 뜨고 보라

기회는 다시 오지 않을 테니.

성급히 입을 열지 마라

수레바퀴는 아직 돌고 있으므로.

누가 어떻게 명명될지는 말할 수 없지

오늘의 패자가 내일의 승자일 테니.

시대는 변하고 있으므로.

상하원 의원들이여 오라

부디 저 부름에 귀기울여라.

입구를 막아서지 말고

홀을 봉쇄하지 마라.

다치는 사람은

시간을 끌어온 사람일 테니.

바깥은 전쟁중이고 그것은 들끓고 있다.

곧 당신의 창문을 흔들고 벽을 덜컹거리게 하리.

시대는 변하고 있으므로.

어머니 아버지들이여 오라

전국 각지에서.

그리고 이해할 수 없다는 이유로

무언가를 비난하지 마시라.

당신들의 아들딸들은

이미 여러분의 통제를 벗어나 있으니.

당신들의 오래된 길은 급격히 낡아가는 중

그러니 손 내밀지 않을 거라면 부디 새 길에서 비켜서주시길.

시대는 변하고 있으므로.

선, 그것이 그어지고

저주, 그것이 내려진다.

지금 느린 자는

훗날 빠른 자이리.

지금 이 현재가

훗날 과거가 되듯이.

질서는 급격히 쇠락해가고

지금 맨 앞인 자가 훗날 맨 끝인 자가 되리라.

시대는 변하고 있으므로.

:《The Times They Are A-changin'》, Columbia Records, 1964

촛불의 나날들을 지나고 있다. 2016년 11월 12일 토요일 밤, 서울 광화문까지는 못 가고 광주 5·18광장에 나갔을 때, 무대에 올라와 자유 발언을 한 이들 중 나를 가장 감동하게 만든 것은 중학생 아니면 고등학생이었다. 이렇게 엉터리인 나라에서 자식 키우느라 고생하시는 부모님을 생각하니 가슴이 아파 나왔다는 말을 듣다가 나는 스스로도 의아할 정도로 울컥하고 말았다. 비슷한 증상을 호소하던 아내와 이야기하다 그 이유를 깨달았다. 불과 몇 년 전만 해도 '자식' 세대의 정체성으로 살던 내가 이제는 '부모'의 자리에서 세상을 보고 있다는 것을. 그러고 보니 예전에는 강의실에서 학생들과 함께 분노했을 법한 일에, 이제 학생들은 분노하고 나는 속으로 부끄러워하는 일이 잦아졌다. 나는 기성세대가 되었다.

기성세대는 부끄럽다. 그날 밤 10시가 넘은 시각에 영업중이던 빵집에서 심야 아르바이트중인 제자를 우연히 발견하고 반가운 마음에 가게 안으로 들어가려다 멈칫 발길을 돌린 내 마음속에도 설명하기 힘든 어떤 부끄러움이 섞여 있었다. 그런데 그 부끄러움의 이면이 혹시 오만함일지도 모르겠다는 생각을 한 것은 집에 돌아와 인터넷으로 10대들의 발언 영상을 보고 난 후였다. 기성세대의 부끄러움이란, 어쩌면, 이렇게 나쁜 세상을 만든 것이 우리니까 좋은 세상도 우리가 만들어볼게, 라는 기분일까. 혹시라도 그런 기분이라면 그것은 옳지 않다. 그날 무대에서 발언한 학생과 영상 속 10대들은 이렇게 말하는 것만 같았다. '망친 사람들에게 누가 언제까지 기회를 준다던가요?'

경제협력개발기구OECD 회원국 중에 만 18세가 아니라 만 19세부터 투표할 수 있는 나라는 대한민국뿐이다. 만 18세부터 운전면허를 따고 여권을 발급받고 신용카드를 사용할 수 있다. 그러나 투표는 못한다. 고등학생은 정치 의견이라는 것을 가질 수 없고 가져서도 안 된다는 것인가. 행여 그렇다고 생각한다면 자격을 갖출 수 있게 교육을 하면 될 일이다. 정치란 우리가 속해 있는 공동체에 대한 사유 그 자체인데 그런 사유란 빨리 시작할수록 좋을 것이다. 사회 모든 영역에 정년 제도가 있으나 투표권에는 정년이 없다. 노년 세대의 투표권을 박탈하자는 말을 하려는 것이 아니다. 우리 사회가 노년 세대에게 보내는 그만한 신뢰를 이제는 아래 세대에게도 보내야 한다는 것이다.

시기상조라는 말도 기성세대가 자주 하는 말이니까, 청소년 투표권에 대해서도 같은 말이 나올 법하다. 그러나 적절한 때가 있다면 바로 지금일 것이다. 현실 정치를 보는 혜안을 갖고 있지 않지만 지금이 중대한 역사적 변혁의 초입이라는 것은 알겠다. 박근혜 대통령의 몰락과 함께 멀게는 1961년 이후, 짧게는 1979년 이후부터 이 나라에 뿌리 내린 어떤 심리적 체제가 무너짐으로써 비로소 이 사회의 어떤 뿌리들이 함께 뽑힐 소중한 기회를 얻었다는 것이다. 현 시점에서 투표권 하향 조정은 새로운 정치를 삶 속에 더 깊숙이 끌어당기는 상징적 개선이 될 것이다. 이런 와중에 다른 시를 떠올릴 수가 없었다. 밥 딜런이 노벨문학상을 받았다는 소식을 듣고 며칠 후 강의실에서 학생들과 함께 그의 노래도 듣고 가사도 살폈는데 그중 하나가 「시대는 변하고 있다」였다. 이것이 그의 가장 훌륭한 시는 아니겠으나 지금 우리에게 가장 어울리는 시라고는 할 수 있지 않을까.

밥 딜런은 1960년대의 진보적 열기 속에서 그 물결이 돌이킬 수 없는 필연이라고 믿었고 1연은 그것을 선언한다. 1연의 청자는 특정돼 있지 않다. '어디를 떠돌고 있는 누구'에게나 이 변화는 공평하게 관철된다. 그것은 주위의 물이 차오르는 일과 같아서 살고 싶으면("당신의 시간이 구해낼 가치가 있는 것이라면") 당장 헤엄쳐야만 한다. "인정하라" 혹은 "받아들이라"와 같은 명령들에 스물셋 밥 딜런의 결기가 담겨 있음은 물론이다. 1연이 서론이라면 이어지는 2~4연은 본론이며 각 연에는 청자가 특정돼 있다. 작가와 비평가(2연), 국회의원들(3연), 그리고 전국의 모든 부모(4연). 이들에게는 나름의 권력이 있다는 공통점이 있으며 딜런의 예리한 눈길도 그것을 향한다.

먼저, 작가와 비평가들에게는 펜이라는 권력이 있다. 딜런은 그들에게 두 눈을 크게 뜨고 현실을 지켜보되 함부로 입을 열지 말라고 말한다. 역사적 변혁의 역동성은 그들의 예측 능력을 뛰어넘을 것이기 때문이다. 또 정치인들에게는 민의에 귀를 기울이되 행여 그것을 왜곡할 생각은 말라고 말한다. (3연에서 "입구를 막아선" 정치인의 이미지는 1963년 6월 11일 앨라배마주립대학에 최초로 입학을 시도한 흑인 학생의 등교를 직접 막아선 당시 앨라배마 주지사 조지 월리스를 염두에 둔 것이라는 해석이 있다.) 그리고 이어 전국의 불특정 부모들에게는 예나 지금이나 자식 가진 이들이 염두에 두어야 할 지당한 충고를 던진다. '당신이 이해할 수 없는 것을 비난하지 마라.'

5연은 결론이다. "선, 그것이 그어지고/저주, 그것이 내려진다 the line it is drawn, the curse it is cast." 이 노래에서 거의 유일하게 섬뜩하고 또 모호한 것이 이 두 행이다. 변화를 이끄는 이들과 이를 거스르는 이들 사이에 분할선을 긋고 후자에 저주가 내려져야 한다고 생각한 것일까. 변화의 당위성을 장엄하게 수식하고 싶었을 청년 시절의 수사학이라고 보면 이해가 되기도 한다. 지금 느린 자는 훗날 빠른 자가 되고 지금의 선두가 나중에 후미가 될 것이라는 요지의 구절은 공관복음 여기저기에 나오는 예수의 말을 인유引喩한 것이기도 하다. 이 노래를 부를 때만 해도 그는 자신이 1978년에 종교적 계시를 경험하고 기독교인이 될 줄은 몰랐겠지만 말이다.

밥 딜런은 노벨문학상 후보로 추천된 지 20년 만에 상을 받았다. 밥 딜런 연구자 손광수에 따르면, 1996년 버지니아군사대학교의 영어과 교수 고든 볼이 시인 앨런 긴즈버그의 제안을 받아 밥 딜런을 노벨문학상 후보로 추천할 때 추천서에는 다음과 같은 내용이 포함됐다. "그의 언어와 음악은, 시와 음악 간의 핵심적이며 오랜 기간 존중되어온 관계가 회복되도록 도왔고, 세계 역사를 변화시킬 만큼 세계로 스며들었다."(『음유시인 밥 딜런』) 딜런이 지금도 공연에서 이 노래를 즐겨 부르는지 어떤지는 모르겠으나 오늘만큼은 그가 광화문에서 이 노래를 부른다고 해도 아무도 놀라지 않을 것이다. 지금 이곳에서도, 시대는 변하고 있으므로.

: 2019년 12월 27일, 공직선거법 개정안이 국회를 통과하면서 만 18세도 선거권을 가지게 되었다. 필요한 변화는 앞으로도 계속될 것이다.

아름다운 석양의
대통령을 위하여

산문시 1

신동엽

스칸디나비아라던가 뭐라구 하는 고장에서는 아름다운 석양 대통령이라고 하는 직업을 가진 아저씨가 꽃리본 단 딸아이의 손 이끌고 백화점 거리 칫솔 사러 나오신단다. 탄광 퇴근하는 광부들의 작업복 뒷주머니마다엔 기름 묻은 책 하이데거 러셀 헤밍웨이 장자莊子 휴가 여행 떠나는 국무총리 서울역 삼등대합실 매표구 앞을 뙤약볕 흡쓰며 줄지어 서 있을 때 그걸 본 서울역장 기쁘시겠소라는 인사 한마디 남길 뿐 평화스러이 자기 사무실 문 열고 들어가더란다. 남해에서 북강까지 넘실대는 물결 동해에서 서해까지 팔랑대는 꽃밭 땅에서 하늘로 치솟는 무지갯빛 분수 이름은 잊었지만 뭐라군가 불리우는 그 중립국에선 하나에서 백까지가 다 대학 나온 농민들 트럭을 두 대씩이나 가지고 대리석 별장에서 산다지만 대통령 이름은 잘 몰라도 새 이름 꽃 이름 지휘자 이름 극작가 이름은 훤하더란다 애당초 어느 쪽 패거리에도 총 쏘는 야만엔 가담치 않기로 작정한 그 지성知性 그래서 어린이들은 사람 죽이는 시늉을 아니하고도 아름다운 놀이 꽃동산처럼 풍요로운 나라, 억만금을 준대도 싫었다 자기네 포도밭은 사람 상처 내는 미사일기지도 탱크기지도 들어올 수 없소 끝끝내 사나이나라 배짱 지킨 국민들, 반도의 달밤 무너진 성터 가의 입맞춤이며 푸짐한 타작 소리 춤 사색思索뿐 하늘로 가는 길가엔 황톳빛 노을 물든 석양 대통령이라고 하는 직함을 가진 신사가 자전거 꽁무니에 막걸리병을 싣고 삼십 리 시골길 시인의 집을 놀러 가더란다.

:『월간문학』 1968년 11월 창간호

2016년 12월 9일 박근혜 대통령 탄핵 소추안이 국회에서 가결됐다. 표결 결과가 나오기 전에 이 시를 골라두었는데 설사 부결됐다 하더라도 다른 시로 교체할 필요는 없었을 것이다. 가결이건 부결이건 당분간 우리에게 가장 중요한 화두는 '대통령'일 수밖에 없을 테니까. "스칸디나비아반도 지역의 북유럽 사회민주주의를 작은 풍경화 한 편으로 한국 사회에 제시"(김응교)한 시라고 해도 좋고 그냥 유토피아에 대한 몽상이라고 해도 좋다. 노무현 대통령 서거 이후에 이명박 박근혜 두 대통령의 체제를 경험하는 동안 더 자주 거론됐고 또 마주치게 된 시이기도 하다. '우리가 꿈꾸는 대통령'을 말할 때 인용하기 좋은 시이고 실제로도 그래왔지만 그렇게 한정되고 말 작품은 아닌 것 같다.

신동엽은 문학 교과서에 수록된 「껍데기는 가라」로만 기억되는 것 같고, 언젠가부터 그의 시를 고리타분하다고 느끼는 이들도 많아진 느낌이다. 그를 일러 "50년대에 모더니즘의 해독害毒을 너무 안 받은 사람 중의 한 사람"이라면서 그가 행여 "쇼비니즘"으로 흐르지 않을까 걱정이라고 한 사람은 김수영인데 이런 시선은 예전부터 꾸준히 존재했던 터다. 「껍데기는 가라」만 해도 거기서 '배타적 순혈주의'와 '낭만적 농본주의'의 위험을 감지하는 독법이 완전히 틀렸다고 하기도 어려울 것이다. 이런 비판에는 유념하되 위의 시에서 지금도 여전히 의미 있는 논점을 세 가지로 추려보고 싶다. 그것은 평등, 소외, 중립이다.

가장 먼저 "아름다운 석양 대통령이라고 하는 직업을 가진 아저씨"에 대해서 말하지 않을 수 없다. 이 구절의 아름다움만으로 이 시가 끝까지 버텨나간다고 해도 과언이 아니다. "대통령이라고 하는 직업"이라는 심상한 표현에는 그 직업이 세상의 수많은 직업 중 하나일 뿐이라는 담백한 긍정이 담겨 있다. 세상의 중요한 사람 중에는 '의무'와 '권력'을 구별하지 못하는 이들이 많지만, 그들에게 많은 것은 의무이지 권력이 아니어야 한다. 이 시에서 국민이 대통령에게 허락한 것은 "아름다운 석양"을 등뒤에 두고 걸으면서 '석양의 대통령'이라 불릴 수 있는 권력뿐이다. 그러나 그것은 얼마나 큰 영광인가.

그러니까 이 시의 첫번째 논점은 당연히 '평등'이다. 다시 읽은 이 시는 한창훈의 소설 「그 나라로 간 사람들」을 떠올리게 했다. '그 나라'의 사람들이 모여 법을 만들 때 그들은 법이 아주 단순하기를 바랐다. 그중 누군가 바다로부터 법철학을 배운다. 나날의 파도는 다르지만 하루의 파도는 같다는 것. "그제는 한 팔 정도의 파도가 쳤는데 모두 그 높이였어요. 어제는 가문비나무 높이만큼 치솟았는데 모든 파도가 그랬어요." 다른 사람들이 기꺼이 동의한다. "파도처럼 하면 되겠군." 그리하여 그들이 만든 법조문은 단 한 문장이다. "어느 누구도 어느 누구보다 높지 않다." 이 법으로 그들이 내리지 못한 결정은 하나도 없었다.

두번째로 밑줄 치고 싶은 대목은 광부들이 "하이데거 러셀 헤밍웨이 장자" 등을 주머니에 꽂은 채 퇴근하는 장면이다. 광산에서 그 책을 읽었다는 뜻이다. 농민들 얘기도 해야 할 텐데, 그들이 트럭을 두 대씩 소유하고 대리석 별장에 산다는 것보다 더 중요한 것은 "대통령 이름은 잘 몰라도 새 이름 꽃 이름 지휘자 이름 극작가 이름"은 잘 안다는 것이다. 자연과 예술에 관심을 가질 수 있고 나름의 취향을 함양할 수 있는 여유가 주어진다는 것. 광부와 농민이 이해할 수 있는 작품을 써야 한다고 부르짖던 시대도 있었지만, 진정한 유토피아는, 이처럼 광부와 농민이 이해 못할 작품이 없을 만큼 그들에게 교육과 시간이 제공되는 사회다.

그러니까 이 시의 두번째 논점은 '소외'다. 이렇게 말하고 나니 '사회적 분업'으로 인한 소외가 사라진 사회를 꿈꾸었던 이들의 저 유명한 문장이 다시 떠오른다. "아무도 배타적인 영역을 갖지 않고 각자가 원하는 어떤 분야에서나 스스로를 도야시킬 수 있는 공산주의 사회에서는 사회가 전반적인 생산을 조절하기 때문에 사냥꾼, 어부, 양치기 혹은 비평가가 되지 않고서도 자신이 마음먹은 대로 오늘은 이것을, 내일은 저것을, 즉 아침에는 사냥을, 오후에는 낚시를, 저녁에는 목축을, 저녁식사 후에는 비평을 할 수 있게 된다."(마르크스·엥겔스, 『독일 이데올로기』) 그러니까 이 문장에서처럼, 신동엽의 시에서도 광부와 농민의 또다른 직업은 비평가다.

세번째로 강조하고 싶은 것은 이 시의 중반부에 박혀 있는 "중립국"이라는 단어다. 그러니까 이 시의 배경이 되는 나라가 이런 나라일 수 있는 것은 그곳이 중립국이기 때문이다. 신동엽의 시 곳곳에 '중립'이라는 단어가 등장한다. 「껍데기는 가라」에서도 알몸을 드러낸 아사달과 아사녀는 다름 아닌 "중립의 초례청 앞에 서서/부끄럼 빛내며/맞절"을 한다. 한국문학 연구자들은 이미 이십 수 년 전부터 신동엽 문학에 내재된 정치철학을 '중립의 사상'이라 이름 붙이고 거기서 "유토피아적 공동체 의식"(김윤태)이나 "비위계적이면서 유기체적인 관계"(김희정) 등을 활발히 읽어내고 있는 중이다.

위의 시 역시 같은 맥락 속에 놓여 있는 시라고 할 수 있다. 그러니 이 시의 세번째 논점을 '중립'이라고 해보자. 중립의 사상이란 결국 평화의 사상이다. 시인은 이 나라 사람들에게는 "애당초 어느 쪽 패거리에도 총 쏘는 야만엔 가담치 않기로 작정한 그 지성知性"이 있다고 적었다. 또 "상처 내는" 미사일 기지나 탱크 기지는 "억만금을 준대도 싫었다"라고도 적었다. 시인이 이 나라를 "사나이 나라"라고 치하한 것은, 어느 한쪽을 편들며 무기를 드는 것이 용기가 아니라 그 반대가 진정한 용기라고 말하고 싶었기 때문일 것이다. (물론 평화를 지지할 줄 아는 용기가 '사나이'만의 것은 아니라는 점을 우리는 신동엽에게 분명히 말해주어야 하겠지만.)

50년 전 시에서 오늘의 우리가 모르는 새로운 것을 발견하기는 어려울지도 모른다. "「산문시 1」 같은 작품은 삶과 정치에 대한 그의 안목이 만년에 이르러서도 사뭇 표피적이었음을 보여준다"(고종석, 『모국어의 속살』)라는 냉정한 평가도 있기는 하다. 그러나 그 내용을 채우고 또 실천하는 것은 우리의 몫이리라. 박근혜 대통령과 보낸 지난 4년은 위의 시가 노래하고 있는 세계와 정확히 반대였다. 이 시의 메시지는 쉽다면 쉬운 것이겠지만, 언제나 그렇듯이 쉬운 말을 실천/성취해내는 것이야말로 얼마나 어려운 일인지를 이렇게까지 절절하게 체험해야 한다는 것도 이 나라 시민의 불행일 것이다. 불행은 이제 겪을 만큼 겪었다. 우리는 저 '아름다운 석양의 나라'로 가야 한다.

5부

인생의 원

하나의 절망을 극복하기 위한
임의의 다른 절망

생에 대한 각서

이성복

사람 한평생에 칠십 종이 넘는 벌레와 열 마리 이상의 거미를 삼킨다 한다 나도 떨고 있는 별 하나를 뱃속에 삼켰다 남들이 보면 부리 긴 새가 겁에 질린 무당벌레를 삼켰다 하리라 목 없는 무당개구리를 초록 물뱀이 삼켰다 하리라 하지만 나는 생쥐같이 노란 어떤 것이 숙변의 뱃속에서 횟배를 앓게 한다 하리라 여러 날 굶은 생쥐가 미끄러운 짬밥통 속에서 엉덩방아 찧다가 끝내 날개를 얻었다 하리라

:『래여애반다라』(문학과지성사, 2013)

"무엇보다 중요한 것은 자기 안의 스승을 찾는 거지요." 자신을 찾아온 후배 시인 이우성에게 이성복은 이렇게 말한다. "어떤 작가를 스승으로 택한다는 건 배우자를 택하는 것 이상으로 중요해요. 스승이 없으면 헤매게 돼요."(『극지의 시』) 글을 웬만큼 써서 나름의 요령이 생기면 스승의 자리가 슬그머니 없어진다. '스승께서 이 글을 보면 뭐라 하실까?' 이렇게 자문하게 만드는 '글쓰기의 초자아'가 잊힌다는 것이다. 어디 글쓰는 사람만의 일일까. 자신감이 좀 붙으면, 예전에 두려워하던 이가 귀찮아지는 때가 오는 것이다. 그 무렵이 가장 바쁜 때다. 그러나 그것은 잘되고 있는 게 아니라 헤매고 있는 것이다. 당사자만 그것을 모른다.

내 안에 스승을 두는 일이 얼마나 중요한지를 나는 이성복 시인에게 배웠다. "어른이 없으면 자기가 어른인 것일까요. 아닙니다. 어른이 없는 것, 그것이 어린애지요."(『끝나지 않는 대화』) 폐가 될까 두려워 그의 제자를 자처하지는 못하겠다. 그래도 스승의 자리가 흐릿해질 때마다 나는 그의 문장을 떨며 읽는다. "글쓰기는 '나'를 파괴하는 거예요. 칼끝을 자기에게 닿게 하세요. (……) 피 안 흘리면서, 흘리는 것처럼 사기 치는 걸 독자는 제일 싫어해요."(『불화하는 말들』) 그의 최근 책 여섯 권은 괴롭다. 어디를 펼쳐도 '너는 가짜'라고 말하기 때문이다. 글쓰기의 경經이라고 할까. 읽으면 비참해지지만 안 읽으면 비천해진다.

그래서 그의 시에 대해 말하는 것은 용기가 필요한 일이다. 그래도 다시 시도해보려 한다. 다시, 라고 말한 것은 과거 어느 지면에 이 시를 소개한 적이 있어서다(『한겨레21』 950호). 인용만 해놓고는 아득하여서 놓아버렸다. "좋은 시의 요체는 비非시적인 혹은 반反시적인 일상사의 급소를 급습해서 매몰된 진실과 아름다움을 구조하는 것이다."(『고백의 형식들』) 시인 자신의 말에 정확히 부합하는 바로 그런 시인데, 이 시가 뚫고 들어가 있는 곳까지 따라 들어갈 능력이 내게는 없었다. 여섯 개의 문장을 두 개씩 묶으면 세 부분으로 나뉜다. 이렇게 끊어 읽으면 이번에는 보일까. 생이 무엇인지 알 수 있을까.

① "사람 한평생에 칠십 종이 넘는 벌레와 열 마리 이상의 거미를 삼킨다 한다 나도 떨고 있는 별 하나를 뱃속에 삼켰다." 시인도 처음 알았을 때 놀랐으리라. 자는 동안 입속으로 벌레나 거미 따위가 들어가면 어떡하나 하고 걱정해본 적이 있기는 하지만, 저렇게나 많이 삼키는지 몰랐으므로 나 역시 이 구절에 놀라고 말았다. 별것 아닌 것 같아도 바로 이런 것이 생의 실상 중 하나일 것이다. 실상과 대면하기 전에는 모른다. 우리가 눈뜨고 경험하는 세상이 환상이라는 것을. 내가 먹은 세끼 음식이 물질적으로 환상이라는

뜻이 아니라, 깨끗하고 고운 것만 먹으며 살고 있다는 그 믿음이 환상이라는 뜻이다.

첫 문장을 읽고 말할 수 있다. 과연 인간은 먹는 존재다. 깨어 있는 동안만이 아니라 자는 동안에도 먹는다. 우리는 우리가 무엇을 먹는지 다 알지 못한다. 나는 대체 무엇을 먹으며 살아온 것인가. 여기서 시인이 말한다. 자신은 "떨고 있는 별 하나"를 삼킨 적이 있는 것 같다고. 이 이미지를 풀기는 쉽지 않지만 '별'의 상징적·관례적 의미를 챙기고 그 별이 '떨고 있다'는 사실도 눈여겨봐야 하겠다. 어쩌면 지금 시인은 자신의 생이 어떤 고귀한 가치를 추구하는 데 헌신하는 삶이 될 것이라 믿었던 그때를 회고하는 것일까. 감히 내가 추구해도 될까 싶을 정도로 고귀했으므로 그 별이 떠는 것처럼 보였을까.

② "남들이 보면 부리 긴 새가 겁에 질린 무당벌레를 삼켰다 하리라 목 없는 무당개구리를 초록 물뱀이 삼켰다 하리라." 그러나 별을 삼켰다 믿은 삶은 나보다 약한 짐승을 삼키며 살아온 삶에 불과한 것이었다. "떨고 있는 별"이 "겁에 질린 무당벌레"와 "목 없는 무당개구리"로 바뀌어 있다. 가치 추구의 삶이 아니라 단순 생존의 삶이었다는 것. (인간이 육식 동물이라는 것은 당연한 일이 아니라 비통한 일이다.) "남들이 보면"이라는 말은, 남들이 나를 오해했다는 항변이라기보다 남들이 본 그대로가 진실이라는 착잡한 인정일 것이다. 다음의 "하지만"은 앞말을 엎지 않고 더 깊이 들어가서 보충한다.

③ "하지만 나는 생쥐같이 노란 어떤 것이 숙변의 뱃속에서 횟배를 앓게 한다 하리라 여러 날 굶은 생쥐가 미끄러운 짬밥통 속에서 엉덩방아 찧다가 끝내 날개를 얻었다 하리라." 남들이 본 것이 정직한 진실이기는 하나 그게 전부는 아니라는 것. 내가 추구한 가치가 내가 삼킨 먹이에 불과하더라도 그것들로 인해 나는 횟배 앓듯 내내 아프지 않은가. 게다가 나의 장臟 어디쯤에선가 내내 미끄러지고 있는 저 생쥐는 그곳에서 벗어나려 애쓰고 있지 않은가. 마지막 두 문장이 덧붙인 것은 항구적인 고통과 초월에의 노력이 생을 이룬다는 사실이다. 그런데 '날개'를 얻었다니. 언제 또 어떻게?

결국 우리는 미끄러운 짬밥통 속에서 허덕이다가 죽음과 더불어 놓여난다는 뜻일까. 비관적이다. 사실 이성복은 내내 비관적이었다. 그러나 그의 시를 읽고 허무에 빠지거나 자살 충동을 느낀 적은 없다. 그의 비관주의는 평론가 김현이 명명한 대로 '따뜻한 비관주의'다. 여기서 따뜻하다는 것은 달콤하다는 뜻이 아니라 나약하지 않다는 뜻이어야 한다. "내가 싫어하는 사람의 약점을 옮기고 다니면 내가 약하다는 증거예요. 그 사람의 비밀을 지켜줘야 그 사람을 싫어할 자격이 있어요."(『무한화서』) 바로 이것이다. 생을 싫어할 자격이 있을 만큼 강한 사람의 말이기 때문에 오히려 그 여운이 따뜻한 것이다.

실은 같은 의문을 시인도 그의 스승 카프카에게 품었었다. 카프카의 문학은 비관적인데 어째서 우리는 위로를 받는가 하고. 시인의 답은 이렇다. 카프카의 문학은 "인생이라는 화마火魔를 잡기 위한 '맞불'"(『극지의 시』)이라는 것. 산불이 났을 때 불이 진행되는 방향의 맞은편에 마주 놓는 불이 맞불이고, 두 불이 만나 더는 탈 것이 없어 불이 꺼지도록 하는 게 맞불 작전이다. "하나의 절망을 극복하기 위해 임의의 다른 절망을 만들어낸다." 그런 의미에서, 인생이라는 불에 대해 문학은 맞불이라는 것. 그렇구나. 나를 태우는 불을 끄기 위해 나는 타오르는 책들을 뒤적이는 사람이 된 것이다.

단 한 번의
만남이 남긴 것

발사체
—무라카미 하루키를 위하여

레이먼드 카버

우리는 차를 홀짝였다.

내 책이 당신의 나라에서 성공하게 된

타당한 이유들에 대해 점잖게 사색하면서.

당신이 내 소설들에 되풀이 나타난다는 것을 발견한

고통과 굴욕에 대한 대화로 미끄러져들어갔다.

그리고 순전한 우연이라는 그 요소에 대해서도.

어떻게 이 모든 것이

팔릴 만한 것으로 옮겨졌을까.

나는 방 한구석을 응시했다.

그리고 잠깐이나마 다시 열여섯 살이 되어

대여섯 명의 녀석들과 함께

50년대식 닷지Dodge 세단을 타고

기우뚱대며 눈길을 달렸다.

고함을 지르고

눈뭉치와 자갈과 오래된 나뭇가지들을 던지며 공격하는

다른 녀석들에게 손가락 욕을 날려주었다.

우리는 급회전을 하고 고함을 질렀다.

그리고 우리는 그쯤에서 끝내려던 참이었다.

그런데 내 쪽 창문이 3인치 정도 내려와 있었다.

3인치 말이다.

내가 마지막으로 역겨운 말을 외쳤을 때

그 녀석이 뭔가 던질 준비를 하는 것이 보였다.

그때를 돌이켜볼 수 있는

지금, 이라고 하는 이 유리한 위치에서는

그것이 공기를 가르고 고속으로 날아오는 것이 보이는 듯하다.

자기가 있는 쪽으로

유탄이 날아오는 것을

무시무시한 매혹 때문에 움직이지도 못하고

가만히 서서 지켜보는 19세기 초의 군인들처럼

내가 주시하는 동안 그것이 허공을 빠르게 가로지르는 것이 보인다.

그러나 그때는 그것을 못 봤다.

나는 이미 고개를 돌려

친구들과 함께 웃고 있었다.

무언가가 날아와 내 옆머리를 강력하게 가격해서

내 고막을 망가뜨리고

내 무릎에 떨어졌다, 조금도 손상되지 않은 채.

얼음과 눈으로 꽉 채워진 공.

굉장한 고통이었다.

굉장한 굴욕이었다.

횡재다, 기괴한 사고야, 백만분의 일 확률이잖아!

라고 소리를 지르는 터프가이들 앞에서

나는 울기 시작했는데

그것은 끔찍한 일이었다.

그것을 던진 그 녀석,

환성이 쏟아지고 남들이 등 두들겨주었을 때

그 자신도 놀랐고 또 뿌듯했으리라.

바지에 손을 쓰윽 닦고는 좀더 빈둥대다가

저녁을 먹으러 집에 갔을 것이다.

그도 자라서 저 나름의 좌절을 겪고

인생에서 길을 잃기도 했을까,

내가 그랬던 것처럼 말이다.

그는 그날 오후에 대해 다시는 생각하지 않았으리라.

왜 그래야 한단 말인가.

생각해야 할 것들은 언제나 너무 많다.

그 멍청한 차가 길을 따라 달려 모퉁이를 돌아

사라져버린 일 따위를 왜 기억하겠는가.

우리는 방에서 점잖게 찻잔을 들어올렸다.

잠시 동안 뭔가 다른 것이 들어왔었던 방에서.

: *Ultramarine*, Random House, 1986

무라카미 하루키가 레이먼드 카버의 소설을 번역하기 시작한 것은 1983년이었다. 곧 무라카미가 직접 선정, 번역한 일곱 편의 소설이 『내가 전화를 거는 장소』라는 제목의 선집으로 출간됐고 이 책은 일본에서 호평을 받았다. 1984년에 무라카미가 포트앤절리스에 살고 있는 카버를 방문한 것은 그 소식을 알리기 위한 것이기도 했다. 그는 카버의 거대한 체구에서 받은 강렬한 인상에 대해 회고하기를, "이렇게까지 커질 생각은 없었다는 듯이" 어쩐지 좀 미안해하는 듯한 모습이었다고 적고 있다. 그리고 "그런 작품을 쓰는 작가라면 아무래도 거인이지 않으면 안 되었을 것"이라는, 재미있으나 알쏭달쏭한 말을 덧붙였다.

이후에도 무라카미는 카버의 작품을 해설하거나 1984년의 만남을 회상하는 글을 여러 편 썼다. 한국에도 번역돼 있기 때문에 무라카미나 카버 둘 중 한 사람의 애독자라면 그 글의 존재를 알 것이다. (예컨대 『잡문집』에 수록돼 있는 「레이먼드 카버의 세계」 「단 한 번의 만남이 남긴 것」 등.) 그러나 무라카미 쪽이 아니라 카버 역시도 그날의 만남과 관련된 작품을 발표한 적이 있다는 것은 덜 알려져 있다. 세번째 시집 『울트라마린』에 수록된 시 「발사체 — 무라카미 하루키를 위하여」가 그것이다. 10대 시절을 회상하는 시인데, 『레이먼드 카버 — 어느 작가의 생』은 시에 묘사된 야키마고등학교 시절 카버의 모습을 이렇게 적고 있다.

> 그 시절에는 자동차가 여가 시간을 보내는 아이들의 문화적 취향의 중심이었는데, 레이(레이먼드의 애칭 — 인용자)는 한 번도 자동차를 가진 적이 없었다. 그러니 그는 다른 아이들처럼 엔진을 가지고 뭔가를 하려 하지도 않았고, 자동차를 유지하기 위해 일자리를 얻으려 하지도 않았다. 야키마의 소년들이라면 보도 표면에 직접 발을 대고 다니느니 차라리 죽음을 택하겠다고 할 나이가 훨씬 지날 때까지도 레이는 걷거나 자전거를 타고 동네를 돌아다니곤 했다. 그러나 레이는 친구들과는 함께 차를 타고 다녔는데, 특히 51년형 엔진을 넣은 제리(당시 카버의 친구 — 인용자)의 41년형 올스모빌 컨버터블을 많이 타고 다녔다.

시 「발사체」는 카버가 친구들과 함께 차를(시에서는 '세단'이고 평전에서는 '컨버터블'이지만 어쨌든) 타고 다니던 그 시절의 일화를 다룬 것이다. 카버와 그의 친구들이 차를 타고 동네를 휘젓고 다니다가 다른 패거리들과 시비가 붙었다. 저쪽이 뭔가를 집어던지는 식으로 공격을 해도 카버 일행은 차를 타고 있으니 가운뎃손가락이나 세우는 식으로 느긋하게 약을 올리면 되는 상황이었을 것이다. 그런데 카버가 친구들과 낄낄거리며 이제 그만 가자는 말을 나눌 무렵, 불과 3인치(약 7.62센티미터)밖에 안 되는 창문 틈으로 무언가가 날아들어온다.

30년이 지난 지금 돌이켜 생각할 때면 그 상황이 전쟁영화 속 한 장면처럼 비장하게 떠오르는 것이지만 그때는 미처 보지 못했다. 갑자기 날아온 단단한 '발사체'에 그는 속수무책 당할 수밖에 없었을 것이다. 바로 이 장면에, 무라카미가 카버의 작품에서 반복되는 요소라고 지적한 것들, 즉 고통, 우연, 굴욕이 이미 다 들어 있다. 얼음과 눈을 뭉친 것이었으니 흉기라고 해야 할 것에 맞아 고막이 터졌는데(고통), 친구라는 놈들은 그것이 3인치의 틈을 통과해 제 친구에게 명중했다는 놀라운 결과(우연)에 오히려 난리법석이고, 그런 그들 앞에서 저도 모르게 눈물을 흘리고 있는 자신이 카버는 끔찍했다(굴욕).

그러니까 일본에서 날아온 어느 젊은 작가의 지적은 카버 문학의 근원 감정을 정확히 건드린 것이었고 덕분에 카버는 제 인생의 원原장면 중 하나인 그날을 새삼 떠올릴 수 있었다. 그는 문득 궁금해졌다. 나와는 반대로 그 놀라운 우연 덕에 잠시나마 의기양양할 수 있었던 그 녀석은 이후 어찌되었을까. "그는 그날 오후에 대해 다시는 생각하지 않았으리라. 왜 그래야 한단 말인가." 맞은 사람은 잊지 못하지만 맞힌 사람은 잊는다는 것. 우리에게도 잊을 수 없는 그런 원장면이 있지 않은가. 바로 그것 때문에 이후 내내 일이 안 풀렸다고 말할 수는 없겠지만, 일이 안 풀릴 때마다 곰곰이 돌이켜 생각해보게 되는 어떤 사건 혹은 장면.

그러나 고통과 우연과 굴욕이 카버의 생을 끝내 지배하지는 못했다는 감동적인 결론도 적어야 하리라. 마지막 시집의 마지막 시인 「만년의 조각글Late Fragment」은 자문자답 형식으로 제 인생을 총평한다. "그렇다 하더라도, 너는 이번 생에서 네가 얻고자 한 것을 얻었나?/그렇다./무엇을 원했길래?/이 지상에서, 나를 사랑받는 사람이라 부를 수 있고 사랑받고 있다고 느끼는 것." 카버는 자신이 겪은 아픔을 '그렇다 하더라도even so'에 욱여넣고, 그랬지만, 많이 아팠지만, 그래도 이만하면 괜찮았다고 긍정한다. 우리가 이 지구에서 살아가는 이유를 가장 진솔하게 말하는 데 성공한 이 시에서 내가 동의할 수 없는 것은 단 한 글자도 없다.

19세에 결혼해 두 아이를 낳고 생계를 위해 온갖 일을 전전하며 알코올중독과도 싸워야 했던 그가 쉰의 나이에 자신은 충분히 사랑받았다고 말하며 세상을 떠났다. 덧붙이자면, 작가로서의 그를 가장 사랑한 사람은 무라카미 하루키였다고 해야 하리라. 1988년에 일본 방문을 앞두고 카버가 죽자 그는 충격 속에서 일본어판 카버 전집 출간을 결심한다. 제1권이 1990년에, 제8권이 2004년에 나왔으니, 무려 14년 동안의 애도 작업이었다. 전집 완간 직후 그는 이렇게 적었다. "결국 한 번밖에 그를 만나지 못했지만, 그 단 한 번의 만남이 내 인생에 잊을 수 없는 깊은 온기를 남겼다. 고마워요, 레이."(『잡문집』) 누가 더라고 할 것 없이 부러운 두 사람이다.

: 번역 초고를 읽어준 문강형준 선생에게 감사드린다. 참고로 무라카미 하루키는 이 시의 제목을 '던지다投げる'로 옮겼다.

절제여, 나의 아들,
나의 영감靈感이여

봄밤

김수영

애타도록 마음에 서둘지 말라
강물 위에 떨어진 불빛처럼
혁혁한 업적을 바라지 말라
개가 울고 종이 들리고 달이 떠도
너는 조금도 당황하지 말라
술에서 깨어난 무거운 몸이여
오오 봄이여

한없이 풀어지는 피곤한 마음에도
너는 결코 서둘지 말라
너의 꿈이 달의 행로와 비슷한 회전을 하더라도
개가 울고 종이 들리고
기적소리가 과연 슬프다 하더라도
너는 결코 서둘지 말라
서둘지 말라 나의 빛이여
오오 인생이여

재앙과 불행과 격투와 청춘과 천만인의 생활과

그러한 모든 것이 보이는 밤

눈을 뜨지 않은 땅속의 벌레같이

아둔하고 가난한 마음은 서둘지 말라

애타도록 마음에 서둘지 말라

절제여

나의 귀여운 아들이여

오오 나의 영감靈感이여

: 합동시집 『평화에의 증언』(삼중당, 1957)

여럿이 마시는 사람은 희망이 소중하다고 믿는 사람이고, 혼자 마시는 사람은 절망이 정직하다고 믿는 사람일까. 전자가 결국 절망뿐임을 깨달으면 귀가하다 혼자서 한잔 더 할 것이고, 후자가 끝내 희망을 포기 못하겠으면 누군가를 불러내 한잔 더 할 것이다. 그러나 내가 마신 것이 희망이건 절망이건, 자고 일어나면 남아 있는 것은 부끄러움뿐일 때가 있다. 어젯밤 내가 느낀 감정들, 내가 과장해서 나 자신에게 제공한 그것들의 구겨진 포장지만 남아 있어서다. 대체로 희망과 절망은 '거울에 보이는 것보다는 멀리' 있다. 현실의 대부분은 희망도 절망도 아닌 그냥 무명無明의 시간인 것이다.

술 덜 깬 눈에만 또렷하게 보이는 것이 있다는 것. 이것이 무슨 대단한 각성의 체험 같은 것은 아닐 테고, 그저 현장검증에 끌려간 자가 어쩔 수 없이 '예, 맞습니다'라고 말하는 경우 같은 것이겠지만, 여하튼 이 작취미성昨醉未醒의 시간만큼 우리가 삶의 진실과 가까워지는 때도 드물 것이다. 1936년 어느 날의 이상도 그러했으리라. "육신이 흐느적흐느적하도록 피로했을 때만 정신이 은화처럼 맑소.”(「날개」) 그러나 ‘은화처럼 맑은 정신’이라면 이상보다도 역시 김수영이다. 누구보다 수신修身에의 강박이 심했던 그는 그 맑은 정신으로 제 욕망을 관찰하기를 즐겼다.

김수영의 시 「봄밤」도 그런 사례 중 하나다. 때는 어느 봄날 저녁인데 화자는 전날 마신 술 때문에 이제야 “술에서 깨어난 무거운 몸”을 일으킨다. 앞에서 말한 대로 그런 몸일 때만 찾아오는 생각들이 있어서 그것을 저 자신에게 들려주고 있다. 김수영의 시 치고는 의외로 매섭지 않고 다독이는 어조라 읽는 사람이 뜻밖의 위안을 얻게 된다. 그의 시 중에서 의무감 없이 좋아할 수 있는 몇 안 되는 작품이라고 말할 수도 있겠다. 연구자들에게 인기가 있는 시는 아닌데, 특별히 분석할 게 없다고 여겨지기 때문일 것이다. 그러나 시의 문장이 쉬워도 시인의 마음이 쉽다고 말해서는 안 된다.

“애타도록 마음에 서둘지 말라.” 그러니까 제 마음에 쫓기지 말자는 말이다. 한국어 문장으로서는 별로 자연스럽다고 할 수 없는데도 저절로 외워져서 되뇌게 되는 매력적인 구절이다. 이 시 전체가 저 구절의 변주/확장이다. 숙취 때문에 뒹굴다 깨어나보니 벌써 저녁일 때의 낭패감과 억울함. 이 감정이 어디에서 오는 것인가를 시인은 묻는다. 그것들은 “혁혁한 업적”을 바라는 마음, 그러니까 빨리 꿈을 이루고 싶다는 갈급에서 생겨난 것이었다. 그는 자기를 제어할 필요를 느낀다. ‘개’와 ‘종’과 ‘달’이 밤이 왔음을 알려도 당황하지 말자고 마음을 다잡는다.

시인이 ‘서둘지 말라’고 말해주니 위로가 되기는 하는데 이게 언제나 유효한 말은 아닐 것이다. 미루는 게 버릇인 사람이나 수십 년 동안 그대로인 사회 시스템을 향해서는 오히려 '서두르라'고 일갈해야 할 일이 아닌가? 1연에서 그가 '같은 듯 다른' 세 가지를 함께 말했다는 점을 눈여겨보고 싶다. 서둘지 말고, 바라지 말고, 당황하지 말라. 이 셋은 자주 엉킨다. 바라는 것이 너무도 많은데, 이룬 것이 너무 없어 당황스러울 때, 그때 서두르게 되는 것이다. 그때가 위험한 때다. 김수영이 걱정한 것도 그것이지 않을까. 빨리 무언가를 보여주려는 마음에 지면 나를 잃고 꿈은 왜곡된다.

그러므로 서두르지 않는 마음이란 현실 앞에 의연해지려는 마음이다. "너의 꿈이 달의 행로와 비슷한 회전을 하더라도" 말이다. 달은 지구를 따라 끝없이 돈다. 이상(꿈)이 현실(삶)에 내려앉지 못하고 그렇게 겉도는/헛도는 사태를 보는 일은 괴롭다. 게다가 달은 차고 이지러지기를 반복하지 않는가. 김수영 자신의 꿈도 달의 모양처럼 날카롭다가 환했다가 비어 보였다가 그러기를 반복했을 것이다. 그렇게 그가 어디로도 가지 못하고 공전할 때 기차는 어디로건 자꾸 떠나니 그 기적 소리가 어찌 들렸을까. "과연" 쓸쓸했을 것이다. 그렇다고 성마르게 시동을 걸면 안 된다고, 그는 또 제 욕망에 제동을 건다.

김수영의 꿈(욕망)이 무엇이었는지 이 시만으로는 알 수 없다. 그러나 그것이 전적으로 개인적인 것만은 아니라는 점을 3연을 통해 짐작할 수 있다. 김수영의 '수신'에 대한 강박은 본래 '제가齊家'와 '치국治國'에 대한 열망과 이어져 있다. 이 시에서도 그의 근심의 대상은 "재앙과 불행과 격투와 청춘과 천만인의 생활과 그러한 모든 것"까지를 포괄한다. 한국의 낙후된 정치사회적 조건이 언제나 그를 서두르게 했다. 그 형형한 눈에 너무 많은 누추한 것들이 보이니 괴로운 것이다. 오죽하면 "눈을 뜨지 않은 땅속의 벌레"가 될 것을 상상했겠는가. 보이는 것들에 현혹되지 말고, 서두르지 말고, 묵묵히 나아가자는 것이다.

이제 그는 어느 봄밤 자신에게 또렷해진 이 '서두르지 않기'의 방법론에 "절제"라는 이름을 준다. 아리스토텔레스의 『니코마코스 윤리학』에서부터 '절제'란 내 욕망과 관계 맺는 바람직한 방식이었다. 고대 철학자에게 욕망의 '강도'가 문제라면, 우리의 시인에게 중요한 것은 욕망의 '속도'다. 이 절제는 개인적·사회적 꿈을 이루기 위한 긴 싸움에 나서려는 자에게 필요한 탁월성德, aretē인 것이다. 그가 절제를 "나의 귀여운 아들"이라 한 것은 그것이 '내가 낳았으나 오히려 나를 인도하는' 생각이기 때문이고, "나의 영감"이라 한 것은 그것이 향후 시작詩作의 지침이 되어주기를 원했기 때문이다.

릴케의 「고대 아폴로의 토르소」를 읽다보면 마지막 구절인 "너는 너의 삶을 바꾸어야 한다"에서 언제나 뜨끔해진다. 김수영의 "애타도록 마음에 서둘지 말라" 역시 그런 구절이다. 이런 백발백중은 좀 신기하다. 그만큼 내가 언제나 '바꿀 필요가 있는' 또 '애타도록 서두르고 있는' 삶을 살고 있다는 뜻이리라. 최근에도 나는 어떤 글을 쓰는 와중에, 이 시를 다시 읽고 나서, 내가 조급하게 쓴 어떤 문장들을 지워버릴 수 있었다. 아니라고 생각했는데 나는 결국 '혁혁한 업적'을 바라고 있는 것이었다. 고마워라. 김수영이 김수영이어서 괴로웠던 것은 김수영뿐이고, 우리에게는 그가 있어 온통 다행인 일들뿐이다.

이 나날들이 아니라면
어디에서 살 수 있을까

나날들

필립 라킨

나날들은 왜 있는가?

나날들은 우리가 사는 곳.

그것은 오고, 우리를 깨우지

끊임없이 계속해서.

그것은 그 속에서 행복해지기 위해 있는 것:

나날들이 아니라면 우리 어디에서 살 수 있을까?

아, 그 문제를 풀자면

사제와 의사를 불러들이게 되지

긴 코트를 입은 채로

들판을 가로질러 달려오는 그들을.

: *The Whitsun Weddings*, Faber and Faber, 1964

조선대학교 문예창작학과 내 영화비평학회 학생들이 소개해준 단편 애니메이션의 제목은 〈작은 큐브로 만든 집la maison en petits cubes〉이었다. 해수면 상승으로 조금씩 물에 잠기는 마을. 많은 이가 떠났지만 주인공 독거노인은 때가 되면 아래층을 포기하고 새로 한 층을 올려 옮겨가는 식으로 버틴다. 어느 날 이사를 하다가 담배 파이프를 아래층으로 떨어뜨리는 실수를 저지르자, 노인은 아예 잠수 장비를 갖추고 그것을 찾으러 내려간다. 물건은 금방 찾았다. 그런데 오랜만에 아래층으로 내려가니 그곳에서 살던 때의 기억까지 떠올라 금방 다시 올라와지지가 않는다. 그래서 내처 계속 내려가보기로 결심한다. 더 깊은 과거의 추억 속으로.

말하자면 이런 은유다. '나이를 먹는다는 것은 아래쪽에서 위로 점점 물이 차오르는 일이며 그렇게 한 단계를 넘어갈 때마다 지난 시간들은 수몰되는 집처럼 그 형태 그대로 가라앉는다.' 그런데 그 과정을 막을 수는 없고 다만 잠수하듯 상기해볼 수만 있을 뿐이라는 얘기다. 그렇게 한 층씩 아래로 내려갈 때마다 그는 역순으로 과거와 재회한다. 아직 아내가 살아 있던 때를, 딸이 결혼할 남자를 데려왔던 때를, 어린 딸이 식탁 주위를 뛰어다니던 때를, 그리고 아직 도시가 물에 잠기기 전 그와 아내가 처음 만나 사랑에 빠지던 때를. 어느새 바닥(1층)까지 내려와서 올려다보니 자신의 집은 너무 높고 멀다. 언제 이만큼이나 산 것인가.

이 작품을 보는 12분 동안 한 사람의 일생을 다 살아버렸다. 그러는 동안 눈물을 참기가 쉽지 않았다. 생각해보니 처음이 아니다. 〈업Up〉을 볼 때도, 〈시계추振り子〉를 볼 때도 그랬다. 긴 인생을 짧게 줄여놓은 파노라마 영상을 볼 때면 으레 눈물이 흘렀다. 이미 살고 난 뒤에 되돌아보면 일생이란 저렇게 짧게만 느껴지겠구나 싶은 안타까움 때문이었을까. 더 근원적인 감정은 어떤 분함에 가까웠다. 일생이란 결국 하루하루가 모여서 만들어지는 것인데, 왜 살고 나서 돌아보면 그 많은 날은 가뭇없고 속절없는가, 왜 우리는 그 나날들을 '충분히' 살아내지 못하는가. 시간을 사는 인간의 이런 종種적 결함이 원통해서 눈물이 났던 것일까.

그러자 필립 라킨의 가장 유명한 시 중 하나인 「나날들」이 자연스럽게 떠오르는 것이었다. 앞의 애니메이션에서 시간의 각 단계는 집의 한 층으로 표현됐는데, 라킨의 시에서도 우선 눈길을 끄는 것은 그런 식으로 시간을 공간화한 표현들이다. 그는 하루하루의 나날들을 "우리가 사는 곳"이라고 규정한 다음, 이 시의 핵심적인 질문을 던진다. "나날들이 아니라면 우리 어디에서 살 수 있을까?Where can we live but days?" 이런 표현의 묘미는 이를테면 다음과 같은 문답을 상상해 보면 좀더 또렷해진다. '어느 곳에서 사십

니까?' '저는 하루하루의 나날들 속에서 삽니다.'

이렇게 시간을 공간적으로 생각해보는 상상력이 우리에게 어떤 새로운 삶의 감각을 열어줄지에 대해서도 음미할 것이 적지 않지만 아무래도 이 1연만으로는 좀 아쉽다. 실은 이 시를 두고 흔히 '비의秘意적인 시enigmatic poem' 운운하는 것은 이어지는 2연 때문이다. 나날들 속에서가 아니라면 과연 우리가 어디에서 살 수 있겠는가, 라는 물음에 대해 라킨은 2연에서 "그 문제를 풀자면 사제와 의사를 불러들이게 되지solving that question brings the priest and the doctor"라고 적었다. 이 답변 아닌 답변도 기묘하지만, 사제와 의사가 그들 각자의 유니폼을 나부끼며 들판을 달려오는 장면으로 장식한 마무리 역시 기묘하기는 마찬가지이다.

테리 이글턴은 『시를 어떻게 읽을까』의 '애매성' 항목에서 이 시를 인용하고 이렇게 적었다. "사제와 박사(의사—인용자)는 이 형이상학적인 질문자에게 위안과 충고를 가져다주려고 달려가는가, 혹은 그들은 그를 속박하려고 돌진하는 블레이크적 인물들인가? (……) 그래서 우리는 어떤 어조로 마지막 연을 읽어야 할지, 소름끼치는 어조로 읽어야 할지 혹은 침착한 어조로 읽어야 할지 모른다." 지금 이글턴이 불평을 하고 있는 것은 아니다. 좋은 시에서 가끔 발견되는 매력적인 애매성의 한 사례로 인용하고 있는 것일 뿐. 그런데 내가 보기에 이 애매함은 풀릴 수 있는 애매함으로 보인다.

이글턴의 질문에 답하기 위해서는 다시 1연으로 돌아가야 한다. 라킨은 왜 시간days을 장소where로 상상했던가. '지금은 곧 여기일 뿐'이라는 뜻이고, 거꾸로 말하면, '여기에서의 지금' 외의 다른 시간은 우리에게 허락되지 않는다는 뜻이리라. 단 한 번의 인생, 그 인생의 하루하루를 사는 것 외에 다른 방법이 없다는 것. 다른 대안이 있는가?("어디에서 살 수 있을까?") 대안이 있다고 믿는 이들에게는 '사제'와 '의사'가 필요하리라. 예나 지금이나 그것에 대해 말해줄 수 있는 영역은 종교와 의학(과학)이니까. 종교는 내세에서의 영생을, 의학은 현세에서의 건강을 말한다. 그를 통해 전자는 죽음의 영적 극복을, 후자는 죽음의 과학적 연기를 꿈꾸게 한다. 물론 라킨은 인간의 이런 미혹 혹은 의존에 부정적이며, 그래서 그의 "아Ah"는 경탄이 아니라 탄식에 가까워 보인다.

이제 이글턴이 언급한 이 시의 애매성이 해소됐다고 말해볼 수 있을까? 이글턴의 첫번째 물음은 이것이었다. '사제와 의사의 돌진은 무엇을 위한 것인가, 위안인가 속박인가?' 나의 대답은 '둘 다'라는 것이다. 지금 여기에서 불행한 사람에게 사후 세계를 설파하는 일은 그런 '위안'에 '속박'되도록 하는 일이기 때문이다. 두번째 물음은 이것이었다. '이 2연을 어떤 어조로 읽어야 할 것인가, 소름 끼친다는 듯이? 아니면 침착하게?' 아마도 가장 적합한 표현은 '착잡하게'가 아닐까. 사제와 의사라는 엄숙한 권위자들이 "들판을 가로질러 달려오는" 모습을 그리는 2연에서 나는 다소 이죽거리는 듯한 유머를 감지한다. 그런 유머는 착잡하다.

그렇다고 지금-여기의 유일함을 강조하는 라킨의 시가 니체식의 '대지에의 찬가'와 유사한 것으로 오해될 필요는 없어 보인다. 그의 가장 인상적인 시들은 대체로 삶에 대한 냉소적인 지혜를 품고 있다. 이 시의 톤 역시 그렇다. '젠장, 이 나날들뿐이야, 대안은 없어.' 해수면이 상승하듯 시간이 흐르고 수몰 지구처럼 과거는 가라앉는다는 것을 실감하는 때에, 주어진 나날들을 백 퍼센트로 살아내지 못하는 우리 인간의 종적 결함을 실감하는 때에, 이런 시를 읽는 것은 유용한 일이다. 기왕이면 그런 때나 그렇지 않은 때나, 그러니까 365일 내내 음미해도 좋을 것이다. 우리에게 매년 주어지는 365개의 나날들, 그것들 외에 또 어디에서 살아갈 수 있단 말인가.

모두가 사랑하고
대부분 오해하는

가지 않은 길

로버트 프로스트

노란 숲속에 두 갈래 길 나 있어,

나는 둘 다 가지 못하고

하나의 길만 걷는 것 아쉬워

수풀 속으로 굽어 사라지는 길 하나

멀리멀리 한참 서서 바라보았지.

그러고선 똑같이 아름답지만

풀이 우거지고 인적이 없어

아마도 더 끌렸던 다른 길 택했지.

물론 인적으로 치자면, 지나간 발길들로

두 길은 정말 거의 같게 다져져 있었고,

사람들이 시커멓게 밟지 않은 나뭇잎들이

그날 아침 두 길 모두를 한결같이 덮고 있긴 했지만.

아, 나는 한 길을 또다른 날을 위해 남겨두었네!

하지만 길은 길로 이어지는 걸 알기에

내가 다시 오리라 믿지는 않았지.

지금부터 오래오래 후 어디에선가

나는 한숨지으며 이렇게 말하겠지.

숲속에 두 갈래 길이 나 있었다고, 그리고 나는 —

나는 사람들이 덜 지난 길 택하였고

그로 인해 모든 것이 달라졌노라고.

: 손혜숙 옮김, 『가지 않은 길』(창비, 2014)

통계에 따르면 로버트 프로스트의 시 「가지 않은 길」은 미국인이 가장 사랑하는 시이자 해외에서 가장 많이 인용되는 미국 시다. 우리나라에서도 이 시는 한때 고등학교 국어 교과서에 수록됐던 터라 그 세대라면 대부분 알고, 지금도 소위 '명사들의 애송시'로 자주 거명되는 작품이기도 하다. 그런데 이 시가 잘못 읽히고 있다면? 미국의 평론가 데이비드 오어가 2015년에 출간한 『가지 않은 길 — 모두가 사랑하고 대부분 오해하는 시에서 미국을 발견하기』가 그런 질문을 던졌다. (나는 문소영의 칼럼 「오해되는 시, 가지 않은 길」을 통해 이 책의 존재를 알게 됐다.)

이 시를 읽는 관행적인 방식을 이렇게 정리할 수 있을 것이다. 두 갈래 길 앞에 선 화자가 있다. 두 길을 다 걸을 수 없어 고민에 빠진다. 이것이 우리 인생의 결정적인 선택의 순간을 은유한다는 것은 쉽게 눈치챌 수 있다. 많은 사람이 지나간 안전한 길을 택할 것인가, 전인미답의 길을 과감히 택할 것인가. 화자는 후자를, 즉 "풀이 우거지고 인적이 없어" 더 끌렸던 길을 택한다. 그리고 이 선택으로 자신의 인생이 달라질 것임을 예감한다. 이어지는 마지막 세 줄은 세상에서 가장 많이 인용된 시 구절 중 하나일 것이다. "숲속에 두 갈래 길이 나 있었다고, 그리고 나는—/나는 사람들이 덜 지나간 길 택하였고/그로 인해 모든 것이 달라졌노라고."

중간 부분이 좀 알쏭달쏭하기는 해도 저 마지막 세 줄에 이르면 이 시는 다시 명쾌해지는 것처럼 보인다. 감동의 포인트는 두 가지다. 오직 하나의 길만 택할 수 있을 뿐인 인생의 유한성에 대한 회한, 그리고 사람들이 택하지 않는 길을 걸어가는 자의 고독과 아름다움. 그래서 이 시는 다음과 같은 경우에 인용되기 적합하다. 인기 없는 전공을 택해 일가를 이루고 이제는 정년퇴임을 앞둔 노교수가 퇴임사를 할 때. 혹은 이제 막 어떤 정치적 결단을 한 정치인이 자신의 선택은 눈앞의 사사로운 실리를 좇은 것이 아님을 강조하면서 훗날의 역사적 평가를 각오하는 비장한 연설을 할 때 등등.

그런데 우리에게 익숙한 이런 독법이 틀렸다니? 문학에서 유일한 정답이란 없으므로 '틀렸다'라는 말은 함부로 쓸 수 없지만, 그래도 작품의 실상과 충돌하는 독법까지 허용되지는 않는다. 이 시에는 우리가 위에서 정리한 이 시의 메시지와 명백히 충돌하는 구절이 얼룩처럼 포함돼 있다. 두 갈래 길 중 사람들이 덜 걸어간 길을 택하겠다고 말한 뒤에 화자는 이상하게도 자신의 말을 스스로 뒤집는 듯한 이런 구절을 적는다. "물론 인적으로 치자면, 지나간 발길들로/두 길은 정말 거의 같게 다져져 있었고,/사람들이 시커멓게 밟지 않은 나뭇잎들이/그날 아침 두 길 모두를 한결같이 덮고 있긴 했지만."

이 네 줄은 기묘하다. "정말 거의 같게really about the same"나 "한결같이equally"와 같은 표현들은 앞서 화자가 기껏 부각해둔 두 길의 차이를 지우면서 두 길에는 사실상 별 차이가 없다고 말하고 있기 때문이다. 이는 이 시의 후반부에 마련돼 있는, '험로를 택하는 자의 고독'이라는 감동적 요소를 스스로 약화시킨다. 그런 감동 때문에 이 시를 좋아하는 사람이라면 이 네 줄을 불필요하다고 느끼거나 심지어 삭제하고 싶다는 생각을 할 수도 있겠다. (실제로 2015년에 방영된 드라마 〈프로듀사〉에서 주인공이 이 시를 낭독할 때 저 대목은 생략됐다. 물론 시간상의 이유로 생략된 것일 텐데, 문제는 이렇게 생략된 버전이 언뜻 더 깔끔하고 자연스럽게 느껴진다는 데 있다.)

그러나 우리는 이 얼룩을 닦아내지 말고 존중하기로 하자. 그러려면 이 시를 처음부터 다시 읽지 않으면 안 된다. 두 갈래 길 앞에 섰다. 둘 중 하나를 택해야 한다. 화자는 일단 통행이 드물다고 느껴지는 길을 택한다. 그러나 이내 자신이 상황을 과장하고 있음을 인식하고, 두 길에는 사실상 별 차이가 없음을 밝힌다. 바로 이 순간에 화자는 중요한 진실 하나를 간파했으리라. '우리는 자신의 선택에 필연적인 이유가 있기를 원하고, 또 가능하다면 그 이유가 숭고하고 아름다운 것이기를 바란다는 것.' 그래서 화자는 마지막 연에서 예감한다. 자신이 훗날 이날의 선택을 다소 미화된 방식으로 회상하게 되리라는 것을 말이다.

이제 우리는 전혀 다른 시를 갖게 되었다. 이것이 이 시의 진짜 얼굴이라 단언은 못해도, 최소한, 간과되어온 다른 얼굴 하나가 여기에 있다고 말할 수는 있으리라. 당시의 여느 전원시들처럼 다정하게 삶의 지혜를 말하는 듯 보이지만 실은 은밀한 복화술을 구사하고 있다는 점에서 프랭크 렌트리키아는 이 시를 "양의 옷을 입은 늑대"(『모더니스트 콰르텟』)라고 규정한 바 있는데, 10년 뒤 데이비드 오어는 이렇게 단언한다. "이 시는 '캔-두 개인주의can-do individualism(나의 선택이 내 인생을 결정한다는 것을 강조하는 개인주의—인용자)'에 대한 경의가 아니다. 우리가 우리 인생을 하나의 이야기로 구축하려 할 때 범하게 되는 자기-기만self-deception에 대한 논평이다."

그렇다면 '백년 동안의 오독'이었다는 것인가. 시인 자신은 무슨 생각으로 이 시를 썼을까. 데이비드 오어가 인용하고 있는 로런스 톰슨의 프로스트 평전에 따르면 프로스트의 절친한 친구였던 영국 시인 에드워드 토머스는 어떤 길을 택하든 가지 못한 다른 길을 생각하며 "한숨"(4연)짓는 사람이었다고 한다. 프로스트가 이 시를 완성하자마자 그 친구에게 보낸 이유를 생각해보면 시인의 작의作意를 짐작할 수 있다. 인생에서 절대적으로 올바른 선택이란 없으니, 일단 하나의 길을 택했다면, "가지 않은 길"에는 미련을 갖지 말라는 것. 물론 시인의 취지가 그런 것이었다 한들 논란이 종결되지는 않는다. 작품이 발표된 후 열리는 해석의 경기장에서는 창작자 자신도 단지 한 명의 선수일 뿐이므로.

이쯤 되면 우리야말로 여러 갈래의 갈림길 앞에 서 있는 것과 같다. 어떤 길을 택해야 할까. 외로운 선택을 한 사람의 자기 긍정을 표현한 시? 자의적 선택에 사후적 의미를 부여하는 인간의 자기기만을 꼬집은 시? 후회가 많은 이에게 들려주는 부드러운 충고의 시? 나의 대답은, 선택할 필요가 없다는 것이다. 왜 그래야 한단 말인가. "길은 길로 이어지는" 것이어서 한번 놓친 길은 다시 걸을 수 없는 것이 인생이라고 이 시는 말하지만, 작품은 길과 달라서, 우리는 시의 맨 처음으로 계속 되돌아가 작품이 품고 있는 여러 갈래의 길을 남김없이 다 걸어도 된다. 다행이지 않은가. 인생은 다시 살 수 없지만, 책은 다시 읽을 수 있다는 것은.

부록

반복의 묘

오타쿠의 덕

어느 '윤상 덕후'의 고백

누군가 '오타쿠お宅'를 '오덕후'로 바꿔 발음한 순간 많은 것이 달라졌다. '덕후'는 그 온화한 발음이 한자어 '덕후德厚'를 떠올리게 하는데, 이 한자어는 '덕이 두텁다'는 뜻이니까. 아닌 게 아니라 나는 오타쿠/오덕후의 덕에 대해 말해볼 수 있다고 생각한다. 흔히 동아시아 윤리학의 맥락에서 '덕'은 이상적 인간상에 이르기 위한 금욕적 노력의 성과를 떠올리게 하지만, 고대 그리스의 윤리학에서 '덕aretē'은 인간을 행복eudaimonia으로 인도하는 어떤 탁월한 자질들을 의미한다. 전자가 '옳은' 삶을 향한 자기극복의 노력이라면, 후자는 '좋은' 삶을 향한 자기실현의 노력이다. 오덕후의 삶에도 덕의 가치가 존재한다면, 두번째 의미의 덕일 것이다.

'덕질', 즉 한 사람이 어떤 것에 최선을 다해 몰두하고 헌신하는 일은 범상한 일이 아니다. 흔히 '덕통사고'라는 말을 쓰는 것은 우연한 계기로 어떤 대상에 '불현듯' 마음을 빼긴다는 뜻이겠지만, 그런 마음이 발생하는 빈도가 평생 경험하는 교통사고의 숫자와 비슷할 만큼 '드문' 일이라는 뜻으로도, 혹은 덕후로의 전환은 교통사고가 그렇듯이 한 인간에게 '불가역적인' 변화를 초래한다는 뜻으로도 해석해볼 수 있을 것이다. '덕통'의 이 세 요소를 종합하면 이렇게 된다. '한 대상에게 불현듯 마음을 뺏기게 되는 드문 사건이 한 사람을 불가역적으로 바꿔놓다.' 나는 이 변화가 긍정적인 것일 수 있다고 생각한다. 말하자면 우리로 하여금 어떤 탁월함을 갖게 하는 변화일 수 있다고 말이다.

사례 연구 차원에서 나의 경우를 말해보려고 한다. 1989년의 어느 날, 당시 중학교 1학년 학생이었던 나는 《김현식 4집》에서 〈여름밤의 꿈〉이라는 곡을 듣는다. 첫 소절 "조용한 밤하늘에"는 B("조용한 밤")—F#m("하늘")—B("에") 코드의 흐름으로 진행되는데, 내 귀에는 "하늘" 부분의 일탈이 이례적이었고 또 매력적이었다. 그러니까 나는 F#m 코드로 작곡가 윤상을 처음 만나게 된 것이다. 1990년에 그의 솔로 1집이 나왔고, 누구나 알듯이 〈이별의 그늘〉이 엄청난 성공을 거뒀지만, 나는 〈행복을 기다리며〉 같은 곡에서 당대의 유일무이한 재능을 발견했다. 나는 그의 작업을 뒤쫓기 시작했고 이후로는 내내 경탄의 연속이었다. 여덟 마디만 들어도 그의 음악임을 알 수 있었고 그의 태작이 다른 이들의 걸작보다 언제나 더 좋았다.

더 결정적인 충격은 EP 앨범 《인센서블insensible》이었다. 10대 이래로 내 음악의 만신전에는 아스트로 피아졸라, 엔니오 모리코네, 팻 메시니, 류이치 사카모토, 윤상 등이 머물고 있는데, 이들 중 한 사람만을, 그리고 그의 앨범 중 단 하나만을 선택해야 한다면 내게 그것은 윤상의 《인센서블》이다. 나는 이 앨범의 첫 세 트

랙 〈언제나 그랬듯이〉 〈마지막 거짓말〉 〈악몽〉을 베토벤의 3대 피아노 소나타 〈비창〉(8번) 〈월광〉(14번) 〈열정〉(23번)에 빗대는 데 아무 거리낌이 없다. 세 트랙을 연달아 듣는 15분 동안의 멜랑콜리는 내게 지난 20년 동안 대체 불가능한 것으로 남아 있다. 동의를 구하기 위한 설득의 말이 아니다. 나와 관련된 사실을 정확히 말하고 싶을 뿐이다.

말하자면 1989년 어느 날 이후로 30년 넘게 나는 '윤상 덕후'로 살아왔다. 대한민국에서 전문 음악인들 몇몇을 제외하면 윤상에 관해서 나는 누구에게도 배울 것이 별로 없다. 윤상의 디스코그래피를 꿰고 있는 것만으로는 안 된다. 윤상이 다른 가수(김현식에서 아이유까지)에게 준 '모든' 곡을 다 알고 있어야 한다. 전설적으로 실패한 듀오 '알로'가 부른 노래도 그 당시에(즉, 훗날 소녀시대와 아이유가 다시 부르기 전에) 이미 미치도록 좋아했어야 한다. 심지어 배우 차인표와 문근영이 부른 노래까지도 말이다. 윤상이 만든 곡에 유치한 가사가 얹히는 재앙을 거의 홀로 막아온 탁월한 작사가 박창학에게도 가슴을 쓸어내리며 감사해야 한다. 오늘날 1020세대에게 윤상은 '원피스'라는 팀을 이끌며 '러블리즈'의 앨범을 프로듀스했던 사람으로 알려져 있을 것이다. 이를테면 윤상 덕후는 원피스가 만든 러블리즈의 음악 중에서 어떤 곡이 특히 윤상 주도의 결과물인지까지 눈치챌 수 있다.

그리고 어느 날 나는 문득 깨닫게 된다. 내가 글쓰기에 대해 알고 있는 가장 중요한 어떤 것들을 그의 음악에서 배웠다는 사실을. 『슬픔을 공부하는 슬픔』의 머리말에서 글쓰기의 단계별 준칙을 이렇게 정리해본 적이 있다. (물론 내가 쓴 글들은 내가 설정한 기준에 언제나 미달한다.) 첫째, 가치 있는 인식을 생산할 것. 좋은 글이 먼저 갖추어야 할 것은 취향이나 입장이 아니라 인식이기 때문이다. 둘째, 정확한 문장을 찾을 것. 뜻한 바를 백 퍼센트 담아낼 수 있는 문장이 써질 때까지 포기하지 말아야 한다는 것이다. 셋째, 공학적으로 배치할 것. 모든 문장이 제자리에 놓이도록 만들어서 더할 것도 뺄 것도 없게 해야 한다는 것이다. 그런데 이 세 가지 요건은 내가 윤상의 음악에서 경탄하며 발견하곤 하는 것들이다.

첫째, 글에서의 인식은 음악에서의 주제theme와 같다. 존재할 가치가 있는 독창적인 주제 라인을 거의 모든 음악에서 생산해내는 작곡가는 흔하지 않다. 이례적인 코드 워크를 구사할 때조차도 멜로디의 대중적 설득력을 잃지 않는 것이 대중음악가 윤상의 자의식이다. 둘째, 정확한 문장에 대응되는 것은 정확한 사운드다. 윤상 덕후들은 사운드에 대한 그의 집착이 거의 괴담 수준의 것임을 잘 안다. 《인센서블》 3부작에서 각 트랙에 프로그래밍된 드럼 비트는 너무도 적절해서 다른 버전을 상상할 수조차 없다. 〈배반〉에서부터 〈소심한 물고기들〉에 이르기까지, 그의 모든 사운드 소스는 마치 처음부터 이 음악에 쓰이기 위해 기다려왔다는 듯이 그곳에 있다. 셋째, 구조적 완결성에 대해서는 이렇게 말하자. 모든 것이 정확히 선택돼서 최상의 방식으로 조합돼 있을 때 그것에 변경을 가하는 일은 불필요하고 불가능하다. 지금껏 윤상의 음악을 재편곡해서 의미 있는 결과를 얻은 사람은 단 하나뿐인데, 그것은 바로 윤상 자신이다.

나는 그를 닮고 싶었던 것이다. 그리고 이런 '나'는 내가 가장 덜 싫어하는 '나'들 중 하나다. 히라노 게이치로는 우리가 자신의 전부를 좋다고 말하기는 어려워도 누군가와 함께 있을 때의 내가 좋다고 생각하는 것은 충분히 가능하다고 말한다. 그는 보들레르의 시나 모리 오가이의 소설을 읽을 때의 자기 자신이 마음에 들었고, 그것이 자기라는 존재를 긍정하는 입구였다고 고백한다. "사랑이란 상대의 존재가 당신 자신을 사랑하게 해주는 것이다."(『나란 무엇인가』) 나 자신을 사랑하는 능력, 덕질은 우리에게 그런 덕을 가질 수 있게 도와준다. 자꾸만 나를 혐오하게 만드는 세계 속에서, 우리는 누군가를 최선을 다해 사랑하는 자신을 사랑하면서, 이 세계와 맞서고 있다.

누구도 완전히 절망할 수는 없게 만드는 이상한 노래

코로나 시대의 사랑

이를테면 마스크를 쓴 연인들이 키스를 하는 마그리트의 그림으로 말문을 열 수도 있다. 마르케스의 소설 『콜레라 시대의 사랑』을 '코로나 시대의 사랑'으로 바꿔볼 수도 있을 것이다. 콜롬비아에서 시작된 익명의 편지 쓰기 프로젝트(마침 명칭이 '코로나 시대의 사랑'이다)를 언급해도 좋겠다. 온라인 데이트 시장이 급성장했다는 소식, 또 집에 너무 오래 같이 있게 된 부부가 서로를 견디지 못하고 '코로나 이혼'을 한다는 소식 등은 왠지 그럴 것 같다고 생각한 일이 실제로 일어난 경우라 누구에게나 흥미로울 것이다. 그런데 이런 이야기들로 시작하고 싶지는 않다. 센스 있는 사람들이 이미 다 말했기 때문만은 아니다.

특정 사건을 기점으로 세계가 달라졌다고, 그 이전과 이후로 나뉜다고 말해야 할 때가 분명 있지만, 그럴 때 잊지 말아야 할 것도 있다고 생각하기 때문이다. 2011년 3월 11일 동일본 대지진 이후 일본에서 이제 '세계'라는 것의 의미가 달라졌다거나 '언어'는 무력한 것이 됐다는 발언들이 나온 것은 그럴 만한 일인데, 누군가는 그런 진단 속에 담긴 고통에 공감하면서도 이렇게 말하기를 잊지 않는다. "(그 사건 이전에도) 수많은 이들의 고통과 죽음이 세계 곳곳에서 일어나고 있었음에도 그런 것들은 쓰나미만큼 자신의 '세계'에 별다른 영향도 주지 못했다는 사실"에 스스로 충격을 받을 필요도 있다고 말이다.(심정명)

달라진 것(차이)에 주목할 수밖에 없는 것은 저널리즘만이 아니라 지식인을 자처하는 많은 이의 숙명이다. 그들은 언제나 발견의 능력을 입증해야만 하는데, 그러기 위해서는 발견돼야 할 차이가 발생했음이 전제되지 않으면 안 되기 때문이다. 그러나 세계가 달라질 때에도 여전한 것들이 있다. 큰일이 일어나도 어떤 여전한 것들은 더 여전해진다. 불행도 새로운 것이 더 값져서, 이미 충분히 나빴던 것들이 더 나빠지는 변화는 세상의 주목을 끌지 못한다. 내게 주어진 '사랑과 연애'라는 주제도 마찬가지일 것이다. 코로나 이후 사랑과 연애는 달라졌는가 여전한가. 아니면 더 여전해지는 방식으로만 달라졌는가.

원격현전과 접촉신뢰

예컨대 인터넷 말인데, 20년 동안 그것은 우리를 바꿨고, 또 바꾸지 못했다. 철학자 휴버트 드레이퍼스는 인터넷으로 신체의 한계를 초월한 원거리 대면이 가능하게 됐을 때 놀랐고 이를 '원격현전telepresence'이라 명명했다. 그러나 그는 이 변화가 우리를 궁극적으로는 바꾸지 못할 것이라는 데 내기를 걸었다. 그에 따르면 우리에겐 "신체를 가지고 있는 한 추방할 수 없는 기본적 욕구"가 있는데(『인터넷의 철학』), 세계를 최적의 상태로 움켜쥐려는 욕구가 그것이다. (파악把握이나 장악掌握이라는 말 속에 '움켜쥘 악'이 있는 것도 우연은 아닐 것이다.) 그런데 '원격현전'은 '최적의 움켜쥠'에 대한 욕구를 충족시켜주지 못한다는 것이다.

전화기나 야구공을 몇 번씩 바꿔 쥐듯이, 또 갤러리에서 작품을 감상하기에 가장 좋은 지점에 서듯이, 우리는 신체를 통해 이 세계와 최선의 방식으로 만나기를 원하며, 사람에 대해서도 그렇다. 그래서 드레이퍼스는 두 최고경영자가 회사 합병을 결정할 정도로 서로를 신뢰하게 되려면 여러 번의 원격회의로는 충분하지 않다고, 결국 그들의 거래는 저녁식사 자리에서 최종적으로 성사될 가능성이 높다고 말한다. 최적의 거리에서 눈을 맞추고 가벼운 악수와 포옹을 해야만 생겨나는 확신, 이것을 '접촉신뢰'라고 부르면 어떨까. 원격현전은 접촉신뢰를 대체하지 못한다. 강의도 그렇고 연애도 그렇다. 20년 동안 우리는 바뀌지 않았다.

에로스와 우울증

그러나 연애를 할 때에나 그렇다는 말이지, 연애 자체를 거부한다면? 20년 동안의 진로가 오히려 이 거부의 방향 쪽이라면? 철학자 한병철은 저서 『에로스의 종말』과 함께 오늘날 '사랑의 위기'를 말하는 많은 사상가의 명단에 합류한다. 많은 이가 성공만을 보고 달려가는 '성과成果 주체'로 살아가고 있다는 것, 자기 자신과만 관계를 맺고 살아가는, 나르시시즘적인 주체라는 것이다. 자기애에 빠져 있다는 뜻이 아니다. 오히려 우울증적 상태에 가깝다. 타자라는 존재의 의미를 모르고, 그의 다름을 견디지 못하며, 그것과 대면해야 할 상황을 피하는 주체다. 타자는 내 성공을 확인할 때나 필요한, 납작하고 투명한 거울에 불과하다.

그러므로 타자가 사라지고 있다는 것이다. 우리 주변 사람들이 하나둘씩 실종되고 있다는 뜻이 아니다. 타자의 타자성을 인식하고 감당해낼 주체가 없어지면 서로에게 타자란 없는 것이나 마찬가지라는 뜻이다. (그 자리를 대신하는 것은 미디어로 배달되는 디지털 이미지로서의 타인이다.) 당연하게도 이런 나르시시즘적(우울증적) 주체에게서는 사랑이 발생할 수 없다. 타인의 심연 같은 타자성과 충돌하면서 내가 나로부터 빠져나와 거듭나는 드문 체험이 사랑이라면 말이다. "에로스는 주체를 그 자신에게서 잡아채어 타자를 향해 내던진다. 반면 우울증은 주체를 자기 속으로 추락하게 만든다." 그러므로 양자택일이다. '우울증이냐, 에로스냐.'

마스크 크기만큼의 자살

그리고 이제 코로나 시대다. 여전히 우울증의 시대이기도 하다. 마스크가 원래 없었던 것이 아닌 것처럼 말이다. 감염병 시대 이전에도 어떤 젊은이들은 마스크를 썼다. 그중 한 여성 청년의 말이다. "나와 상관없는 세계일수록, 눈부시게 밝은 시대. 분명 있는데, 없다는 느낌이 든다. 걷고 있는데, 없다는 느낌이 든다." 이런 느낌이 애달프다고 죽을 것까지는 없다면서 그는 마스크를 쓴다. “입을 가리고, 코를 가리고, 세상에서 내가 보이지 않을 만큼만, 간단한 자살을 하자.” 마스크를 쓴다는 것은, 내가 없다는 느낌 속에서 실제로 나를 조금 없애보는 일이라는 것. 1986년생 일본 시인 사이하테 타히가 2014년에 출간한 시집(『사랑이 아닌 것은 별』)에 실려 있는 「마스크의 시」다.

타자의 실종과 사랑의 위기라니, 관념의 유희라고 할 사람도 있을지 모른다. 시인의 우울한 투정이야 어느 때나 있는 것이라고 냉소할 사람도 있을 것이다. 그러나 ‘뉴노멀’이라고 말하면 이전의 모든 것이 ‘노멀’이 되어버리는 것처럼(『마스크가 말해주는 것들』), ‘코로나 시대의 사랑’이라고 말하면 이전에는 사랑이 자명하게 있었던 것처럼 돼버린다. 올해 들어 부모님의 가게는 월세를 못 내게 되었고 자신도 아르바이트에서 잘렸을지 모르지만, 취업이 불투명하고 연애 따위 안중에도 없었던 것은 그전부터다. 그들이 지금 쓰고 있는 것은 코로나 이전에도 이미 썼던 마스크라는 것. 모두가 마스크를 쓰자 ‘간단한 자살’들이 묻혀버렸을 뿐.

그래서 사랑은 가능한가?

이렇게 ‘여전한’ 일이 ‘더 여전한’ 일이 되는 세계 속에서 사랑은 가능한가? 이시이 유야의 영화 〈도쿄의 밤하늘은 항상 가장 짙은 블루〉는 위에서 언급한 시인의 시에 영감을 얻어 만들어진 작품이다. 청춘 영화라고 해야 하겠지만 속사정은 눈부시지 않다. 낮에는 병원에서 매일 시체를 수습하고 밤에는 술집에서 남자 손님 말 상대를 해야 하는 여자가 있다. 또 한쪽 눈이 보이지 않고 불안할 때면 수다를 떠는, 공사장에서 일용직 노동을 하는 남자가 있다. 둘은 점선 같은 만남을 이어가지만, 여자는 연애가 사람을 평범하게 만드는 바보짓일 뿐이라고 냉소하고, 남자는 그런 건 모르겠다고 짐짓 덤덤한 척하지만 주변 사람들의 잇단 죽음에 휘청거리기 시작한다.

이렇게 가난하게 살다가 어느 날 갑자기 죽어버릴 것이라는 불안 때문인 것이다. 여기엔 동일본 대지진의 절망이 새겨져 있지만 당연히 일본만의 이야기가 아니다. 어디서든 이 세계에 희망이 없다고 생각하는 두 사람은 누군가를 사랑하는 일이 무책임한 짓이라 생각할 수 있다. 그러나 이 영화는 그들을 그렇게 내버려두지 않는다. 이 영화에는 마치 감독의 분신인 듯, '힘을 내'라는 내용의 노래를 막무가내로 부르는 버스커가 자주 등장하는데, 그는 누구에게도 절망할 권리 따윈 없다고 외치는 것처럼 보인다. 그 가수 때문이라고 할 순 없겠지만, 두 사람은 사랑이라는 것을 해보기로 마음먹는다.

영화의 끝에서, 이제 거의 연인이 된 듯 보이는 두 사람은 '가장 짙은 블루'의 밤에 이렇게 자문자답한다. "다시 큰 사고로 사람들이 죽으면 어떻게 할까? 모금을 하자. 그리고 '잘 잤습니다'와 '잘 먹겠습니다'라는 말을 하며 살자." 재난 속에서도 타자의 존재를 잊지 않겠다는 것, 일상을 지키면서 그로부터 힘을 얻겠다는 것이다. 달리 뭘 할 수 있단 말인가, 라는 기세로 노래를 부르는 그 가

수처럼, 사랑이라는 것을 하면서 말이다. 그러니까 사랑은 누구도 완전히 절망할 수는 없게 만드는 이상한 노래를 함께 부르는 일 같은 것이리라. 죽을 때까진, 살아가는 것이다.

인간임을 위한 행진곡

〈임을 위한 행진곡〉의 의미

〈임을 위한 행진곡〉은 행진곡이다. 역사를 전진하게 하고 그 자신도 거듭나는 노래다. 지난 40주년 기념식에서 공개된 정재일 편곡 버전을, 훗날 고전이 될 작품의 초연 현장에 있는 기분으로 들었다. 원곡의 멜로디를 장조로 바꿔 부른 에필로그 파트에서 정훈희의 목소리로 박창학의 가사가 노래될 때는 기어이 눈물이 흘러내렸다. 이 탁월한 예술가들 덕분에 새삼 이 노래에 대해 생각했다. 한자어 '존재'가 '있는 자'이면서 '있음' 자체이기도 하듯이, 우리말 '임'도 '있는 자'로서의 '당신'을 뜻하면서 '~이다'의 명사형인 '임(있음)'이 될 수도 있다. (나는 이런 발상을 백낙청의 「역사적 인간과 시적 인간」에서 처음 배웠다.) 그렇다면 '임을 위한 행진곡'은 '당신'을 위한 것이자 '있음'에 대한 것이기도 하리라. '어떻게 있을(살) 것인가'에 관한 노래라는 것이다.

잘 알려진 대로 이 노래는 윤상원과 박기순의 영혼결혼식(1982. 2. 20.)을 기리기 위해 그로부터 몇 달 후 제작된 노래극 「넋풀이」의 마지막 곡이다. 함께 이승을 떠나는 두 영혼이 산 자들에게 당부하는 내용이었다. 그런데 "앞서서 가나니 산 자여 따르라"의 '가나니'가 구전 과정에서 '나가니'로 바뀌었다. 정근식의 논문이 지적한 대로 이 변화는 "노래의 주체 변화"를 가져왔다. 이제 이 곡은 '가는 자'를 보내며 투쟁의 길로 '나가는 자'의 노래, 그러면서 세상의 모든 살아 있는 이에게 "산 자여 따르라"라고 호소하는 노래가 된 것이다. 그래서 세 개의 '임(있음)'의 형식이 여기에 담겼다. 가는 자(죽는 자), 나가는 자(싸우는 자), 산 자(따르는 자).

첫째, 가는 자의 삶의 형식은 "사랑도 명예도 이름도 남김없이"이다. 사랑이 사적 영역에서 추구될 만한 행복이라면, 명예는 공적 영역에서의 성공일 것이다. 둘 다 포기했으면 됐지, (명예에 이미 포함돼 있는) 이름은 왜 또 빼앗겨야 한단 말인가. 한 사람이 존재했다는 사실의 완전한 말소까지 각오하겠다는 뜻이었겠으나 이 구절은 훗날 기괴한 방식으로 실현된 예언이기도 했다. 5월의 현장에 있었던 평범한 시민들이 2015년 이후 제 이름 대신 북한군을 가리키는 보통 명사 '광수'라고 불리는 일도 생겼으니까 말이다. 다른 층위의 사례지만, 5월 27일 새벽 도청에서 목숨을 걸고 마지막 마이크를 잡았던 박영순씨도 명예는커녕 오해와 낙인을 피하기 위해 본명을 감춘 채 살아온 터다.

둘째, 나가는 자의 삶의 형식은 두 구절에 분산돼 있다. "동지는 간 데 없고 깃발만 나부껴 새날이 올 때까지 흔들리지 말자." 나부끼는 깃발 앞은 죽음의 앞이고 내 죽음의 가능성도 지척에 있다. '흔들리지 말자'고 말해야만 했던 것은 모두가 흔들릴 수밖에 없는 인간으로서 거기에 있었기 때문이다. "세월은 흘러가도 산천은 안다 깨어나서 외치는 뜨거운 함성." 산천은 역사의 준엄함이고, 역사는 사실의 두려움이다. 그것은 나에게 주어지는 질문이자 압력이 된다. 이때의 깨어남이란 그 질문과 압력을 외면할 수 없다는 깨달음일 것이다. 요컨대 저 두 구절에서 나가는(싸우는) 자의 주체성은 흔들림과 깨어남의 반복이다. 수시로 흔들리면서도 매번 깨어나야 하는 삶, 그것은 죽은 자와 산 자 사이에 있다.

셋째, 산 자의 삶의 형식은 마지막 구절이 알려준다. "앞서서 나가니 산 자여 따르라." 산 자는 '따르는' 자다. 지난 40년 동안 수많은 사람의 죄스러움과 부끄러움을 자극한 구절이고, 따라 부를 때마다 '싸우는 자'를 '따르는 자'라도 되자고 자신을 다그쳐야만 했으리라. 40년이 지난 이제 '산 자'들이 따라야 할 것은 새삼스럽게도 '진실'이다. 40년 전 광주의 진실과 그 가치를, 아는 자와 모르는 자가 있다. 아는 자는 기억함으로써 살리는 자가 되고, 모르는 자는 왜곡함으로써 죽이는 자가 된다. 광주를 죽이는 자들이 괴물(사이코패스)인지 환자(망상증자)인지 나는 모른다. 중요한 것은 그들이 있다는 것이고, 그것의 창궐을 막아내는 것이 산 자들의 책무라는 것이다.

5월 광주에서의 자신을 증언하는 분들이 자주 하는 말이 있다. 누구라도 그때 그곳에 있었다면 자신처럼 행동했을 것이라는 말. 제 허물을 용서하기 위해 인간 전체를 용서해버리는 사람도 많은데, 그분들은 자신이 도달한 숭고함을 인간성 그 자체에 헌정하고 있었다. 많은 학자의 말대로 '5월 공동체'는 개별성에서 연대성으로 도약하는 인간성의 한 극치를 보여준다. 그러므로 이 노래는, 죽고 싸우고 따르는, 그런 인간으로 존재한다는 것의 지고한 경지 하나를 재현하는 노래다. 임을 위한 행진곡은 인간임을 위한 행진곡이다. 이 노래를 우리의 국가國歌로 사용할 수 없는 것은 과분해서다. 이 노래가 자격이 없어서가 아니라 우리가 자격이 없어서다.

실패한 사랑의
역사를 헤치고

최승자의 90년대를 생각하며

칠십년대는 공포였고

팔십년대는 치욕이었다.

이제 이 세기말은 내게 무슨 낙인을 찍어줄 것인가.

—「세기말」 부분

실패한 사랑의 역사, 그리고 또 한번의 실패

새로운 세기로 접어든 지 20년이 다 되어가고 최승자는 여전히 우리 곁에 있다. 이제 저 질문을 다시 던져볼 때가 되었다고 나는 느낀다. '그리하여 세기말은 그에게 무슨 낙인을 찍었던가.' 이렇게 달리 물어도 뜻은 같다. '90년대는 최승자에게 무엇이었나?' 최승자의 시집 일곱 권을 앞에 놓고 있자니 저 질문이 새삼 중요하다는 생각이 드는 것이었다. 최승자의 독자라면 알다시피 그의 시가 90년대를 통과하면서 달라졌기 때문이다. 더 과감하게 말하면 80년대의 최승자와 2000년대의 최승자는 서로 다른 두 사람처럼 보이기 때문이다. 도대체 90년대에 그에게는 무슨 일이 일어났던 것인가? 그가 90년대에 쓴 시들은 『내 무덤, 푸르고』와 『연인들』

에 묶여 있다. 『내 무덤, 푸르고』는 80년대의 에필로그이고, 『연인들』은 2000년대의 프롤로그이다. 우리의 물음에 대한 답을 찾기 위해서는 두 권의 시집을 다시 들여다보지 않으면 안 된다.

세월은 내게 뭉텅뭉텅
똥덩이나 던져주면서
똥이나 먹고 살라면서
세월은 마구잡이로 그냥,
내 앞에서 내 뒤에서
내 정신과 육체의 한가운데서,
저 불변의 세월은
흘러가지도 못하는 저 세월은
내게 똥이나 먹이면서
나를 무자비하게 그냥 살려두면서.

—「미망未忘 혹은 비망備忘 1」 부분

먹지 않으려고
뱉지 않으려고
언제나 앙다물린 오관들.
그러나 언제나 삼켜지고
뱉아져나오는
이 조건 반사적 자동 반복적

삶의 쓰레기들.

목숨은 처음부터 오물이었다.

—「미망未忘 혹은 비망備忘 2」 부분

『내 무덤, 푸르고』를 열면 「미망 혹은 비망」 연작이 시작되는데 그 첫 두 편이 위와 같다. 이전 시집 세 권을 읽은 독자라면 이 시들에서 놀랄 만한 것을 발견하기는 어려울 것이다. 그의 80년대 시들에서 이미 다 발설된 자기인식이 재확인되고 있기 때문이다. 차이가 있다면 80년대의 작품들이 위의 작품들보다 더 구체적·구조적이며, 90년대 초의 이 연작들은 형식적 측면에서 지난 작품들의 파편처럼 보인다는 것 정도다. 「미망 혹은 비망 1」은 지난 세월이 나에게 부당한 대접을 했음을 고발한다. 세월은 내게 "똥덩이"를 던져주었고(삶의 내용), 내 '앞'과 '뒤' 혹은 '정신'과 '육체'에 대해 "마구잡이"였으며(삶의 형식), 그런 세월의 내용과 형식은 "불변"일 것이어서 이 삶에는 희망이 없다는(삶의 양태) 것이다. 그렇다면 차라리 죽는 것이 나을지도 모른다. 그러나 이 시에서 가장 인상적인 마지막 구절이 알려준다. 세월은 나의 죽음을 허락할 정도로 자비롭지 않음을, "나를 무자비하게 그냥 살려두면서" 내내 그렇게 흘러갈 것임을.

연작의 첫 시가 세월이 내게 던져주는 것을 "똥"이라고 했으니 두번째 시가 그것에 대한 대처 방식을 논하는 것은 자연스럽다. 생은 먹는 것(소화)과 뱉는 것(배설)으로 유지되는데, 그다지 살고 싶지 않은 이 시인은 똥을 "먹지 않으려고 뱉지 않으려고 언제나 앙다물린 오관들"을 유지하려 한다. 그러나 이런 행위는 더 큰 치욕을 낳을 뿐이다. 치욕을 거부하려는 몸짓이 언제나 실패하기 때문이고, 그 실패가 또다른 치욕이 되기 때문이다. 생물학적 대사代射를 중단하고 싶지만 육체적 허기를 참지 못해 '먹고 싸는' 존재로 살아가고, 정신적으로는 타인과 세상에 일말의 기대도 없이 살 수 있을 정도로 냉담해지고 싶지만 정신적 허기를 참지 못해 또 헛된 기대를 품었다가 상처받는다. 이 육체적·정신적 대사 과정을 시인은 "조건 반사적 자동 반복적"이라는 표현으로 폄훼한다. 여기에 담겨 있는 감정은 모욕, 굴욕, 치욕이라고 할 때의 그 '욕辱' 이다. 욕으로 유지되는 목숨을 시인은 당연하다는 듯이 "쓰레기" 혹은 "오물"이라 지칭한다.

생에 대한 거식증이라고 할까. 완전한 단식에는 실패하는, 그래서 결국 똥을 먹고 쓰레기를 토해내는 삶이다. 이보다 더 처절한 자기인식을 지금도 우리 시에서 쉽게 찾기는 어렵다. 그러니 새삼 묻고 싶어진다. 어떻게 이런 인식에까지 이르고 말았던가. 나는 최승자의 초기 독자들(평론가들)의 독법이 틀렸다고 생각하지 않는다. 그가 「사랑받지 못한 여자의 노래」(『이 시대의 사랑』)라는 시를 쓰기도 했지만, 최승자의 시를 두고 바로 그것이 아니라고 말할 도리가 없다. 이 명명은 그의 시세계를 축소하는 일이 전혀 아니다. 세상에 쓰이는 많은 시가 사실은 사랑받지 못한 사람의 말이거나 지금보다 더 많이 사랑받으려는 사람의 말로 가득차 있다고 보는 독자에게, 최승자 시의 '나'는 그런 갈망을 감추지 않는, 시라는 장르가 낳을 수 있는 가장 근원적이고 솔직한 1인칭이다. 그러나 사랑이라는 말의 외연과 내포가 사람마다 제각각이므로 최승자의 시를 '(실패한) 사랑의 시'라 규정하기 위해서는 다음과 같은 보충 설명을 달아두는 것이 좋으리라.

사이먼 메이를 따라 사랑을 "무너뜨릴 수 없는 삶의 기반에 대한 희망을 우리 안에 일깨우는 사람과 사물들에게 느끼는 황홀"이라고 규정해보면 어떨까.(『사랑의 탄생』) '무너뜨릴 수 없는, 삶의 기반'이 주어져 있을 때 내 삶은 (삶의 위험으로부터의) 안정감과 (삶의 의미에 대한) 충만감을 얻는다. 비유적으로는 '고향에 와 있는' 느낌이라고 할 수 있고, 개념적으로는 '존재론적 정착 ontological rootedness'이라고 해도 좋다. 이런 개념을 제안한 저자는 이를 바탕으로 사랑에 대한 보다 자신감 넘치는 규정을 시도한다. "나는 우리가 사랑하는 대상이 오로지 우리 안에 존재론적 정착의 약속을 불러일으킬 수 있는 (무척 드문) 사람이나 사물이나 개념이나 교리나 풍경 들로 제한될 거라고 생각한다." '제한'이라는 배타적 표현에 주의할 필요가 있다. 나에게 존재론적 정착감을 제공하는 것만이 사랑의 대상이 될 수 있다는 말은, 뒤집어 말하면, 존재론적 정착감을 제공하기만 한다면 그것이 무엇이건 내 사랑의 대상이 되기에 족하다는 뜻이 된다.

존재론적 터전으로서의, 사랑의 대상. 그런데 그런 터전이 외부에 꼭 있어야 하는가? 그래야 한다. "개인이 태어나는 순간부터 느끼는 강렬한 취약함vulnerability이라는 감각" 때문이다. 태어난다는 것은 낯설고 위협적이며 통제 불가능한 세계에 내던져진다는 것인데 유아의 육체적 역량은 세계와 맞서기에 턱없이 부족하므로 타인의 보호가 필수적으로 요청된다. 연약한 육체만이 아니라 정신에도 그에 합당한 보호가 제공되어야 하는 것은 마찬가지이다. 유년기 인간의 의식은 '상처받기 쉬움'(vulnerability를 이번에는 이렇게 옮겨보자)이라는 속성을 갖는다. 그 의식에 제공되어야 하는 것은 내가 세상에 태어날 가치가 있는 존재라는 확신이다. 그러므로 유년기 인간에게 부모와 그에 준하는 존재가 제공하는 육체적·정신적 돌봄의 역할은 절대적일 수밖에 없다. 취약함이 정착감을 갈구하고 정착감이 취약함을 해결한다. 이를 통해 우리는 사랑을, 더 정확히는 사랑의 필요성을 배운다.

이 경우 타자애와 자기애는 동전의 양면이다. 나는 나를 사랑해주는 사람을 사랑하게 될 것이고, 그 사람으로부터 사랑받는 데 성공한 나를 사랑하게 될 것이다. 이 선순환이 실패할 경우 상황은 반대가 된다. 나는 나를 사랑하지 않는 타자를 미워할 것이고, 그 타자로부터 사랑받지 못하는 나를 또한 사랑할 수 없게 된다. 선순환과 악순환 모두 그 영향이 심대하지만, 후자의 영향이 훗날에 더 크다는 것이 프로이트의 전언이다. 프로이트에 서정주를 섞어 말한다면 '지금의 나를 만든 것은 팔 할이 실패한 사랑의 역사'다. 최승자의 시는 이 명제의 탁월한 증거라고 할 수 있다. 연인한테 버림받은 이의 신세한탄이라는 뜻이 아니라, '존재론적 정착'의 근거를 찾는 데 지속적으로 실패해온 한 실존의 비가悲歌라는 뜻에서 말이다. 그런데 존재론적 정착지가 없는 사람이 어떻게 죽지 않고 살아갈 수 있는 것인가. 실은 자신도 몰랐던 존재론적 정착지가 하나 정도는 있었던 것이리라. 최승자로 말할 것 같으면, 그것은 글쓰기다. 정작 최승자 자신은 이를 90년대 초반이 되어서야 자각했던 모양이지만.

> 그러나 이제 고백하자, 시인하자.
> 쓴다는 것, 써야 한다는 생각이 없었더라면
> 내 삶은 아주 시시한 의미밖에 갖지 못했으리라는 것,
> 어쩌면 내 삶이라는 것도 존재하지 않았으리라는 것.
> 오 쓴다는 것, 써야 한다는 생각에
> 내가 얼마나 높이높이 내 희망과 절망을 매달아 놓았던가를
> 내가 얼마나 깊이깊이 중독되어왔던가를
> 이제 비로소 분명히 깨달을 수 있겠구나.
>
> —「워드 프로세서」 부분

세계가 부정되어야 마땅한 곳일 때, 세계를 부정하는 사람은 옳다. 내 글쓰기가 그런 부정에 헌신함으로써 나는 그런 이들에 속할 수 있다. 그러는 동안 나는 사랑받을 수 있고(즉, 존재론적 정착감을 얻을 수 있고), 그래서 죽지 않아도 된다. 이것이 7~80년대에

최승자를 버텨낼 수 있게 한 내적 논리일 것이라고 나는 짐작한다. 생각해보면 최승자의 실패한 사랑의 역사는 근원적으로 세계의 폭력성과 결합돼 있었던 터다. 그의 데뷔작인 「이 시대의 사랑」이 "1975년, 동고동락하던 문학회 남학생이 간첩 혐의로 체포되었을 때" 쓴 시라는 정보는 요긴하다.(김소연 발문, 『빈 배처럼 텅 비어』) 그 이후로 최승자의 시는 '이 시대의 사랑'의 불가능성과 싸우기 위해 쓰였는데, 역설적이게도 그는 그 싸움의 현장에 있었기 때문에 한줌의 사랑이나마 얻어낼 수 있었던 것이리라. 그의 말대로 비록 70년대가 공포이고 80년대가 치욕이었다 하더라도, 어떤 의미에서는 최승자의 삶이 그 공포와 치욕에 의존한 바가 있었다는 뜻이다. 그러나 90년대로 접어들면서 상황은 달라진다.

> 말 못 할 사랑은 떠나가고
> 말 못 할 입도 떠나가고
> 크게 더 크게 울부짖을 수 있을 개들만이 남았었지.
> 너 잘났니 뽕? 너 잘났다 뽕!
> 한 시대 전체가 전자 게임 화면처럼
> 죽이지 않으면 죽는 길밖에 없어
> 혼신으로 으르렁거리던 흑색 개 백색 개들의 시절.
>
> 그런 시절이 있었지라고 중얼거리며
> 아파트 입구를 내려서다 보니,

우리 시대의 꿈들은 모두가 개꿈이라고,
철 지난 암호처럼 미래의 프로파간다처럼
허섭쓰레기로 웃고 있는 장미,
장미 송이들의 개개체.

그래 아 드디어 이 시대, 이 세계,
희망은 죽어 욕설만이 남고
절망도 죽어 치정만이 남은……
아아 너 잘났다 뿅!

—「말 못 할 사랑은 떠나가고」 전문

이 시의 조롱조에 주목할 필요가 있다. 이제는 변해버린 세상에 대한 혐오감이 이끄는 시이기도 하지만, 세계가 속화되면서 제 존재 근거를 잃어버린 자의 모멸감이 떠받치는 시이기도 하다. 80년대는 검은 개와 흰 개처럼 서로를 향해 짖어댄 흑백논리의 시대였지만 그래도 거기엔 "희망"과 "절망"이 있었다. 그러나 풍요로운 탈이념의 90년대는 희망과 절망 대신 "욕설"과 "치정"만이 남은 시대라는 것이 이 시인의 판단이다. 세계가 더이상 부정되어야 마땅한 곳이 아니게 되었고, 그래서 세계를 부정하는 사람들도 제자리를 떠나기 시작했다. 그를 떠받쳐준 부정 정신의 이념적 근거는 무너졌고 그를 인정하고 지지해줄 동료들도 사라진 것이다. 이것은 무엇을 의미하는가. 그의 유일한 존재론적 정착지인 글쓰기,

그것의 맞은편에 부정의 대상으로 존재해주어야 할 대타항으로서의 세계가 사라졌다는 뜻이다. 이것은 심각한 위기 상황이다. 잃을 것을 하나도 갖고 있지 않은 사람이 거기서 하나를 더 잃었으니까. 존재론적 정착지를 완전히 잃은 사람, 그는 존재론적 난민이 되었다.

새로운 사랑을 찾아서, 역사적 인간에서 신화적 인간으로

볼테르는 만약 신이 없다면 우리가 그것을 발명해야 한다고 말한 적이 있지만, 그 말은 우리의 존재론적 근거에 대해서도 참이다. 90년대 중반 이후 최승자에게 주어진 과제가 바로 그것이었다. 그는 새로운 사랑의 대상을, 그러니까 없는 고향을 발명해내야 했다. 그가 찾은 새로운 고향이란 무엇인가. 존재론적 정착지를 추구하는 감정으로서의 사랑을 고향 찾기에 비유할 수 있는 것은 사랑이 시원始原에 대한 그리움과 연결돼 있기 때문이다. 그 그리움은 "생명의 창조주인 신에 대한 사랑, 민족의 시원인 고향에 대한 사랑, 그리고 혈통의 근원인 조상에 대한 사랑" 등으로, 혹은 "'진정한' 과거를 그리워하는 향수"나 "우리가 다시 완전체가 될 어떤 태고 상태로 돌아가고자 하는 욕망" 등으로 표현되기도 한다.(『사랑의 탄생』) 우리가 『연인들』에서 발견할 수 있는 것은 바로 이런 계열의 발상과 이미지들이다. 시인 자신의 설명에 따르면 『연인들』의 여섯번째 시가 이 시집의 진정한 출발점인데, 흥미롭게도 그 시는 그가 발견한 새로운 고향을 시간의 층위에서부터 설명하기 시작한다.

시간은 시간을 갖고 있지 않다.

모든 사물이 저마다의 시간을 갖고 있을 뿐.

나는 자전하면서 그것들 주위를 공전하고

지금 내 주파수는 온통 우라노스에게 맞춰져 있다.

가이아는 지금 온몸이 총체적 파장이다.

저 멀리서 네가 입은 무명 도포 자락

한끝이 하얗게 펄럭인다.

이제 우리의 첫아들,

한 마리의 어린양이 깨어나리라.

세상의 진흙 꿈들을 헤치고

한 마리의 어린양이

푸른 눈을 뜨리라.

—「시간은」 전문

돌발적인 도입부의 어조는 최승자답지 않다. 그가 이처럼 1인칭의 육체를 통과하지 않은 명제를 엄숙하게 내뱉은 적이 있었던가? 게다가 의미 역시도 그답지 않다. 사물 각자의 주관적 시간만이 존재한다는 것은 사물들을 전체적으로 관통하는 객관적 시간이 존재할 수 없다는 선언이다. 그 객관의 시간을 우리는 '시간들의 시간'이라 부를 수 있을 텐데, 그 시간들의 시간이란 다름 아닌 '역사'가 아니었던가? 그렇다면 그는 지금 역사적 시간을 부정하고 있는 것인가? 최승자는 시간을 이런 식으로 인식하는 사람이 아니었다. 「이 시대의 사랑」에서부터도 그는 '이 시대'를 사는, 언제나 현재/당대를 사는 사람이었다. 바로 앞 시집의 「세기말」에서도 '칠십년대'와 '팔십년대'와 '세기말' 운운하면서 시간의 역사적 문턱을 또렷하게 언급하지 않았던가. 90년대에 최승자에게 어떤 일이 일어났는지를 이해할 수 있는 단서가 바로 이 시의 첫 두 문장에 거의 다 담겨 있다. 요컨대 그것은 역사적 시간으로부터의 탈출이다. 탈출이라면, 어디로? 일곱번째, 아홉번째 시를 보라.

나는 지금 어떤 문법을 고르고 있다.
나는 지금 우주의 조직,
마디마디를 짚어보고 있다.
너는 있니, 너는 있니, 어디에?

(……)

시간은 지금 무풍이다.

—「우라노스를 위하여」 부분

한 여자가 제 삶의

가로수길을 다 걸어가

소실점 바깥으로 사라진다.

소실점이 지워진다.

—「둥그런 거미줄」 부분

본래 역사적 시간관과 대립적 짝을 이루는 것은 신화적 시간관이다. 앞서 인용한 「시간은」을 비롯해 이어지는 시들에서 최승자는 뜻밖에도 신화적 표상들을 끌어들인다. 우라노스와 가이아라니, 80년대 최승자의 시의 독자라면 그의 시에서 이런 시어들을 만날 날이 올 것이라고는 상상하지 못했으리라. 우라노스가 제목의 자리에까지 올라와 있는 「우라노스를 위하여」에서 "우주"라는 시어 역시 눈에 띈다. 역사가 물러난 곳에는 '세계'가 아니라 '우주'가 존재하리라. 이 시는 "시간은 지금 무풍이다"라는 의미심장한 문장으로 끝이 난다. 시간이라는 지평 위에 아무런 바람도 불지 않는다는 것은? 흐르지 않는 시간, 즉, 영원과 초월의 지평으로서의 시간이 있다는 것. 「둥그런 거미줄」의 마지막 대목에서 한 여자는 그 바람도 없는 시간을, 차라리 공간에 가까운 그 시간을 걸어 어디로 가는가. "제 삶의 가로수길"을 다 걸어 "소실점 바깥으로" 사라진다는 것. 이것은 시간의 월경, 다시 말해 역사적 시간에서 신화적 시간으로의 이동이다.

최승자의 이 월경을 바라보는 당대 독자들의 심사는 어땠을까. 뜻밖의 변화에 당혹한 사람들도 있었겠지만 이미 그것을 예감한 사람들도 있었으리라. 아마도 『내 무덤, 푸르고』의 해설을 쓴 이광호 같은 이는 후자에 속할 것이다. "최승자와 같은 자리에 있던 80년대 시의 전사들은 이제 동양적인 일원론의 세계로 회귀하거나 탈현대적 일상성의 세계를 탐사하고 있다. 그럼에도 불구하고 최승자는 80년대 초반의 세계에 머물러 있다." 나는 이 대목에서 이 비평가가 복화술을 하고 있다고 느꼈다. 이 비평가는 최승자가 80년대 초반의 세계에 머물러 있지 않고 어딘가로 움직이고 있다는 것을 이미 눈치챘지만 사려 깊게도 그것을 모른 척하는 방식으로 그를 붙들어두려고 한다. 여기서 "머물러 있다"는 머물러 있기를 바란다는 뜻이다. 그러나 그는 또 정직한 비평가여서 자신이 모른 척한 것을 끝까지 모른 척하지는 못한다. 불과 몇 줄 뒤에서 이렇게 적어버렸으니 말이다.

> 어쩌면 최승자 초기시의 격렬한 충격과 기습적인 감동은 퇴색한 것인지도 모른다. 그것은 최승자 시의 팽팽한 긴장감의 역사적 맥락을 구성했던 사회 구조의 변화와 연관될지도 모른다. 하지만 문학의 부정적 사유, 반성적 사유의 깊이와 유연성을 보존하고 싶은 사람들에게 최승자의 시는 아직도 중요한 의미를 간직하고 있다. 삶의 비극성에 대한 망각과 무관심은 우리를 자본주의적인 삶에 대한 수락으로 이끈다고 할 때, 자본주의적 시간과의 싸움을 통해 그 비극의 구

조를 드러내는 것은 중요하다.

앞에서 그는 분명 최승자가 80년대 초반의 세계에 머물러 있다고 했는데, 여기서는 최승자 초기 시의 장점이 퇴색한 것처럼 보인다고 한다. 이것은 모순이 아닌가? 아니다. 『내 무덤, 푸르고』는 80년대적인 것의 에필로그이기 때문에 (다행스럽게도) 80년대 적인 것을 여전히 함유하고 있기도 했지만, 이 평론가가 먼저 감지했듯이, 『연인들』에서 나타날 최승자의 변화의 조짐도 이미 담겨 있었다. 평론가는 그 조짐이 장차 개화하여 시인의 시에 부정적 영향을 끼치질 않기를 바랐다. 그래서 다시 한번 복화술을 사용해 시인이 "자본주의적 시간과의 싸움"을 하고 있다고 말하면서 그것을 포기하지 말아줄 것을 당부하였던 것이다. 그러나 이미 보았다시피 이 평론가의 바람은 실현되지 않았다. 『연인들』에서 발생한 일, 즉 역사적 시간성으로부터의 탈출이라고 부른 그것은 정확히 "자본주의적 시간과의 싸움"을 중지하는 일이었기 때문이다. 그렇다면 이제 물어야 할 것은 역사적 시간성과 결별하고 신화적 시간성으로 입문한 최승자의 시가 특유의 비극적 미학을 대체할 만한 새로운 미학을 산출하는 데 성공했느냐다.

(A)

최초에 한 생각이 있었다.

한 생각이 열심히 기원하여 한 개념이 되었다.

한 개념이 열심히 기원하여 한 이름이 되었다.

한 이름이 열심히 기원하여 한 이미지가 되었다.

한 이미지가 거울 앞에서 열심히 기원하여 한 형태, 한 몸을 이루었다.

—「한 생각으로서의 인류사」 부분

(B)

흔들지 마, 사랑이라면 이젠 신물이 넘어오려 한다.

네 잔가지들을 흔들지 마.

더이상 흔들리며 부들부들 떨다 치를 떠느니,

이젠 차라리 거꾸로 뿌리 뽑혀 죽는 게 나을 것 같아.

—「흔들지 마」 부분

(C)

왕의 영토는 무한 대륙이었다.

즉위한 그날부터 왕은 자기 영토의 중심에,

검은 의자 위에 앉아 검은 거문고로

검은 죽음의 가락들을 탄주하기 시작했다.

—「왕국」 부분

모두 『연인들』에서 뽑은 시다. 우리는 이 시들이 최승자의 80년대 시만큼이나 여전히 좋다고 말할 수 있을까. 『연인들』에서 좋지 않은 시들은 저 신화적 시간성에 대한 교술적 진술을 미처 통제하지 못한 대목들을 품고 있다. (A가 거기에 속한다.) 반대로 그 교술적 직접성을 통제하는 데 성공한 시들은 여전히 좋은데, 이 좋음에는 두 가지 유형이 있다. 먼저 이 시집은 전환 초기의 산물이기 때문에 어쩔 수 없이 전환 이전으로 되돌아가려는 힘에 영향을 받고 있는데, 그 반작용적 힘에 흔들리는 주체를 그림으로써 80년대 최승자 1인칭 시의 매력을 보존한 경우가 있다. (B가 거기에 속한다.) 다른 하나는 전환 이후의 세계를 그리되 개념적 진술보다는 우화적 우회를 택함으로써 서사적 긴장을 조성한 경우가 있다. (C가 거기에 속한다.) 그러나 여기에서 한 걸음 더 나아가야 할 것이다. 이 시집의 진정한 의의는 거기에 있지 않다는 것을 말해야만 한다. 시인 자신에게는 미학적 목표보다 치유적 목표가 더 중요했으리라는 것 말이다.

왜냐하면, 그 모든 고통들이 정화된 자리에
백합 한 송이 피어나, 이제 비로소 그 존재를,
그리고 용도를 내게 알려주고 있으니까요.

—「백합의 선물」 부분

"이봐, 그것도 꿈이야. 꿈에서
아무리 죽인들 무슨 소용이야, 그저 그 꿈을
용서하는 게 최상이지. 용서가 가장

완벽하게 빠져나오는 길이야."

—「구토」 부분

그러니까 이런 시들이야말로 『연인들』에서 진정 주목해야 할 작품들일지도 모른다. 『연인들』 이전의 그의 시집에서 우리가 이런 구절을 읽은 적이 있던가. "모든 고통들이 정화된 자리에 백합 한 송이 피어"나는 장면을, 그 구절 뒤에 이어지는, "내가 사랑하는 당신"에 대한 만해萬海풍의 저런 간구懇求를 본 적이 있었던가. 그다음 시는 또 어떤가. 초반부에서 화자는 창세기적 세계의 질서에 묶여 오래 신음해왔으므로 그 세계의 창조자를 살해하고 싶다는 충동을 느낀다. 여기까지는 우리가 아는 바로 그 최승자의 시다. 그런데 후반부에 이르면 "어떤 손이 내 등을 두드리며" 말한다. 용서하라고, 용서가 가장 완벽하게 빠져나오는 길이라고. 이 손은 누구의 손이며 이것은 어떻게 가능해진 용서인가. 존재론적 정착지를 잃어버린 90년대의 난민 시인 최승자는 이렇게 신화적 세계에 입사하면서 '고통의 정화'(「백합의 선물」) 혹은 '완벽한 탈출'(「구토」)을 꿈꿀 수 있게 되었다. 이것이 그야말로 자기 치유의 작업이 아니라면 무엇인가.

솔직해지기로 하자. 이 대목이 안타까운 것은 사실이다. 최승자는 우리가 드물게 가져본 훌륭한 정치적 시인이었다. 그러나 역사적 시간성을 벗어나는 순간에 시는 정치성을 잃는다. 바로 이 지점에서 우리는 우리가 알던 그 최승자를 잃었다. 이를 어느 정치적 시인의 패배라고 말할 수도 있으리라. 여느 때였으면 이 글은 여기서 끝나야 한다. 그러나 대상이 최승자이므로, 나는 한번 더 뒤집지 않으면 안 된다. 그것을 패배라고 해도 좋은가? 그 대가로 그가 세기말의 세계적 위기와 연동된 정신적 위기 국면을 무사히 통과할 수 있었다면, 그리고 그가 새롭게 도달한 고향에서 안정을 얻고 새로운 세기를 아픔 없이 맞이할 수 있었다면? 나는 21세기의 최승자에 대해서도 그가 출간한 세 권의 시집보다는 그의 육체적·정신적 안부에 더 관심을 갖는다. 그러니까 그가 사랑을 받고 있느냐 하는 것 말이다. 그 대상이 가족이건 신이건, 그가 '존재론적 정착'에 성공했기를 바란다. 시는 중요하지 않다. 그가 사랑을 얻었으면 그만이다. 최승자는 언제나 살기 위해 썼지 쓰기 위해 살지 않았으니까.

오디세우스와
아브라함 사이에서

황동규의 최근 시

황동규의 시를 오래 읽어왔지만 아직도 그 특유의 자연스러움 앞에서 골똘해진다. 하도 자연스러워서 특별한 줄도 모르고 넘어가게 되는 이 자연스러움은 음악의 그것과도 비슷하다. 어떤 음악도 중간부터 연주할 수 없고 또 끝에 닿기 전에는 끝낼 수 없다. 언제나 적절한 시작과 합당한 끝이 있으되, 그것이 지루한 게 아니라 자연스럽다는 것이다. 그는 언제나 느긋하게 시작한다. 현악 4중주의 세 악기들(바이올린, 비올라, 첼로)처럼 평서문, 의문문, 감탄문이 지루하지 않게 들어오고 나간다. (특히 수사 의문문을 자주 또 적절하게 쓰기로는 제일이다.) 끝에 이르러서도, 이 시 한 편을 무슨 대단한 절창으로 만들겠다는 어설픈 조바심 같은 것 없이, 마치 4악장 곡의 중간 악장 하나를 끝내는 중이라는 듯이 시에서 부드럽게 빠져나온다. 그렇게 음악처럼 시가 시작됐다 끝난 자리에는 인간 경험의 진실 하나가 작은 빛으로 남는다. 예컨대 그의 가장 최근 시집 중에서는 다음 시.

어머님, 백 세 가까이 곁에 계시다 아버님 옆에 가 묻히시고

김치수, 오래 누워 앓다 경기도 변두리로 가 잠들고
아내, 벼르고 벼르다 동창들과 제주도에 갔다.
늦설거지 끝내고
구닥다리 가방처럼 혼자 던져져 있는 가을밤,
베토벤의 마지막 4중주가 끝난다.
창을 열고 내다보니 달도 없다.
마른 잎이 허공에 몸 던지는 기척뿐, 소리도 없다.

외로움과 아예 연 끊고 살지 못할 바엔
외로움에게 덜미 잡히지 않게 몇 발짝 앞서 걷거나
뒷골목으로 샐 수 있게 몇 걸음 뒤져 걷진 말자고
다짐하며 살아왔것다.

창밖으로 금 간 클랙슨 소리 하나 길게 지나가고
오토바이 하나 다급하게 달려가고
늦가을 밤 차고도 투명하게 고즈넉한 밤.

별말 없이 고개 기울이고 돌고 있는 지구 한 귀퉁이에
아무렇게나 처박혔다 가리라는 느낌에 맥이 확 풀리거나
나이 생각지 않고 친구들이 막무가내로 세상 뜰 때
책장에서 꺼내 손바닥 따갑게 때리던 접이부채를 꺼내
이번에는 가슴을 되게 친다.

외로움과 외로움의 피붙이들 다 나오시라!

무엇이 건드려졌지? 창밖에 달려 있는 잎새들의 낌새에
간신히 귀 붙이고 있던 마음의 밑동이 빠지고
등뼈 느낌으로 마음에 박혀 있던 삶의 본때가
몸 숨기다 들킨 짐승 소리를 낸다.

한창 때 원고와 편지를 몽땅 난로에 집어넣고 태운
외로움과 구별 안 되는 그리움과 맞닥뜨렸을 때 나온 소리,
'구별 안 될 땐 외로움으로 그리움을 물리친다!'
몸에 불이 댕겨진 글씨들이 난로 속을 뛰어다니다
자신들을 없는 것으로 바꾸며 낸 소리.

—「삶의 본때」 전문, 『연옥의 봄』

일단은 감정에 감응하는 것이 먼저다. "구닥다리 가방처럼 혼자 던져져 있는 가을밤"에, "별말 없이 고개 기울이고 돌고 있는 지구 한 귀퉁이에 아무렇게나 처박혔다 가리라"는 예감 속에서, 먼저 이승 떠난 친구들 생각에 접이부채를 꺼내 "가슴을 되게" 칠 수밖에 없는 그 감정의 정상情狀을 참작하지 않을 도리가 없다. 그의 산문처럼 시도 그러한데, 세부에 대한 충분한 정보를 주면서 논리적 계단을 하나하나 오르기 때문에, 도무지 감응하지 않을 수 없도록 만든다. 그러나 대개 좋은 시는 감정에 감응한 이후에도 더 해

야 할 일을 남긴다. 감정의 외피에 감싸여 있는 인식의 핵에 접근하기. 앞에서 그의 시를 읽고 나면 "인간 경험의 진실 하나"가 주어진다고 말하지 않았던가. "외로움과 아예 연 끊고 살지 못할 바엔" 외로움보다 빠르지도 느리지도 않게 나란히 걷는 것이 좋다는 인식(2연), 외로움과 그리움이 구별되지 않는 순간엔 "외로움으로 그리움을 물리친다"라는 인식(6연)은 어떠한가.

나는 문학의 인식적 가치에 대해 생각하기를 멈추지 않는다. 그런 것이 있다고는 간주되지만 어떻게 있다는 것인지 쉽게 말하기 어려운, 문학만이 전달해줄 수 있는 지식에 대해서 말이다. 근래 읽은 『예술과 그 가치』의 저자 매튜 키이란은 지식을 '명제적 지식'과 '비명제적 지식'으로 구별하는 논의를 활용해 대답을 시도한다. '명제적 지식'이란 "사실에 대한 지식"으로 이는 문학이 포함하고 있을 수도 있지만 고유하게 추구할 만한 지식이라고 할 수는 없다. 그렇다면 '비명제적 지식'은 어떨까. 이는 "어떤 상태가 된다는 것이 무엇인지를 아는 것knowing what it is like"으로서, 경험을 통해서만 습득할 수 있기 때문에 누군가에게 지식의 형태로 전달하기는 쉽지 않다. 예컨대 자전거 타는 법이나 수영하는 법이 그렇듯이 말이다. "사실"에 대한 지식이 아니라 "상태"에 대한 지식이기 때문이다. 인생에 대한 많은 지식들이 그와 같은 비명제적 지식에 속한다. 경험 외에 그것을 배울 수 있는 장場이 문학 말고 또 있을까.

내가 아는 한 황동규의 시는 문학 고유의 인식적 가치에 대한 신뢰와 추구를 내려놓아본 적이 없다. 그의 시는 언제나 인생에 대한 가장 심원한 비명제적 지식의 보고였다. 초기 「비가」 연작에서부터 「풍장」 연작을 거쳐 '예수와 불타의 대화' 형식을 빌린 시에 이르기까지, 그리고 그 이후에도 말이다. 그는 무슨 과격한 실험적 퍼포먼스를 감행하지 않으면서도 시가 도달할 수 있는 가장 깊은 곳으로 부드럽게 미끄러져들어가고는 했다. 그러나 고백하자면 근래 그의 시집을 읽으면서 나는 가끔 여러 편의 시가 머릿속에서 엉킨다는 느낌을 받는다. 각 시편의 소재와 어조와 형태가 닮아 있어서 서로 구별되지 않을 때가 많다는 뜻이다. 작은 차이를 감득해내지 못하는 나의 무능 때문이기도 하겠지만, 황동규 시의 '나'가 도달해 있는 어떤 원숙한 자기동일성 혹은 일관성에 그 이유가 있지 않을까 짐작해보기도 한다. 그런데 나의 이런 의문은 과연 정확한 것일까? 왜냐하면 그런 의미에서의 '동일성'을 누구보다 싫어하는 시인이 바로 그가 아니었던가.

처음부터 나는 사랑을 찬양하든 사회의 불의를 파헤치든 사물의 실체에 접근하든 시인의 자세 혹은 마음의 상태만을 주로 보여주는 시들에 별로 매력을 느끼지 못했다. 1950년대와 1960년대의 어설픈 모더니즘 시들이야말로 대표적으로 그런 상태의 시들이고, 내 성장기에 발표된 많은 시인의 시가 내 마음속에서 공백으로 남아 있는 것은 그 때문이다. 지금도 나는 그런 상태의 시를 별로 좋아하지 않는다. 상투적인 운동권 시를 좋아하지 않는 이유도, 미리 도통해서 더 이상 화학변화의 여지가 없는 선시禪詩에 애정을 가지고 있지 않는 이유도, 그 때문이다.

—「거듭남의 시학」, 『시가 태어나는 자리』

1990년대 초반에 쓰인 위 글에서 그는 "상태의 시"에 대한 거부감을 드러냈다. 그 반대 개념이 있을 수 있다면 당연히 '운동의 시' 혹은 '생성의 시'가 될 것이다. 마지막 문장의 표현을 재활용하면 '화학변화의 시'라고 할 수도 있겠고, 글 제목 그대로 '거듭남의 시'라고 해도 좋겠다. 한 편의 시 안에 '나'의 운동, 생성, 화학변화, 거듭남 등이 일어나는 과정을 보여주려는 그의 야심은 저 유명한 '극서정시劇抒情詩'의 모색으로 그를 이끌어갔다. "나는 처음부터 시가 그 속에서 무엇인가 일어나 시적 자아自我가 조금씩이나마 변하는, 거듭나게 되는, 장場이 되는 구조물이 되기를 바랐다. 거듭 말하지만 해방은 변화에 있는 것이다." 보다시피 황동규는 '시적 자아의 거듭남'이라는 현상에 매혹되어 그것을 하나의 시론으로 정리하고 그 가장 훌륭한 사례들에 해당할 시를 썼다. 이제 그는 그런 시를 쓰지 않고 있는가? 아니, 여전히 쓰고 있다. 그런데 왜 나는 시적 자아의 '동일성 혹은 일관성'을 말하고 있는가.

한 편의 시 안에서 황동규의 '나'는 예나 지금이나 "조금씩이나마 변하는" 순간을 통과한다. 그 순간의 환함이야말로 황동규 시의 본질일지도 모른다. 여기서 "조금씩이나마"가 무슨 결함이 되는 것은 전혀 아니다. 「오미자술」에 대해 논평하면서 그는 시적 자아가 결말에 이르러 "전과는 조금 다른 사람"이 되었음을 지적한 다음 이렇게 덧붙인다. "'조금'이라고 했지만 인간의 변화는 그 '조금'이 사실 중요한 것일지도 모른다. 전신적全身的인 변화는 종교나 이데올로기의 가까운 친척이고 도그마에 빠지는 단초일 수도 있는 것이다." 이 섬세한 조심스러움의 가치는 아무리 강조해도 지나치지 않을 것이다. 그러나 나는 그 '조금'의 (크기는 아니라 할지라도) 강렬함과 다채로움에 대해서는 더 기대할 수도 있다고 생각한다. 거듭남은 언제 강렬하고 또 다채로워질 수 있는가. 거듭남은 '내가 아닌' 혹은 '나와 다른' 것과의 만남을 통해 겨우 일어나는, 그야말로 사건이다. 그렇다면 그 '아님'과 '다름'의 정도가 곧 거듭남의 정도와 비례할 것이다.

이런 의미에서 나는 여전히 타자와의 조우야말로 우리를 가장 결정적으로 변화하게 만드는 계기가 될 수 있음을 믿는다. 레비나스식으로 분류해본다면 주체가 타자와 만나는 방식은 두 가지일 수 있다. 둘 다 고향을 떠나 타자에게로 가고 있으되, 오디세우스는 미지未知의 것을 기지旣知의 것으로 만들며 자기 자신을 확장해나가는 여행을 하기 때문에 끝까지 자기 자신일 뿐이지만, 난데없는 신의 명령을 받들어 돌아올 수 없는 여행을 떠나는 아브라함은 자신이 영원히 알 수 없는 것들이 세상에 있음을 받아들이면서 스스로 다른 존재가 된다. 오디세우스적 주체가 타자와의 만남을 통해 얻는 것을 우치다 타츠루는 이렇게 표현한다. "내가 알려 하는 것을 나는 이미 알고 있으며 모든 지知는 나 자신 안에 미리 포함되어 있다."(『레비나스와 사랑의 현상학』) 반면 아브라함적 주체는 타자의 "예견불능성"과 맞닥뜨림으로써 다음과 같은 진실에 도달한다. "아브라함이 말할 수 있는 것은, '나의 경험'으로서는 결코 말할 수 없는 것이 있다는 것을 나는 경험했다는 것뿐이다."

요컨대 세상의 시인들은 누구나 오디세우스와 아브라함 사이에서 있는지도 모른다. 내가 잘못 본 게 아니라면, 황동규의 최근 시에 잘 보이지 않는 것이 바로 아브라함의 거듭남을 가능하게 할 수도 있을, 살아 있는 타자들이다. 그의 대표적인 극서정시 「브롱스 가는 길」을 보라. "뉴욕 42번가 타임스퀘어 부근에서 대낮에 중인환시리에" 두 흑인에게 강도를 당하고 그로 인해 우울증까지 얻게 된 일이 시의 배경인데, 그야말로 타자와의 강렬한 충돌 속에서 발생한 거듭남의 기록이라 할 만하다. 반면에 20여 년 만에 쓰인 속편이라고 할 수도 있을 시 「브로드웨이 걷기」(『사는 기쁨』)에는 (물론 이 시도 좋은 시이지만) 20년 전 '나'에게 물리적이고도 심리적인 충격을 안겨준 그 강도가 없는 것이다. 이런 이유로 황동규의 최근 10년 동안의 작품 중에서 내가 가장 아끼는 것을 고르라면 나는 주저 없이 아래 두 편을 고를 것이다. 이 시들에는 타자가 있기 때문이다.

> 막차로 오는 딸이나 남편을 기다리는 듯
>
> 흘끔흘끔 휴대폰을 들여다보고 있는 여자,
>
> 키 크고 허리 약간 굽은,

들릴까 말까 한 소리로 무엇인가 외우고 있다.
그 옆에 아는 사이인 듯 서서
두 손을 비비며 하늘을 올려다본다.
서리 가볍게 치다 만 것 같은 하늘에 저건 북두칠성,
저건 카시오페이아, 그리고 아 오리온,
다 낱별들로 뜯겨지지 않고 살아 있었구나!

여자가 들릴까 말까 그러나 단호하게
'이제 그만 죽어버릴 거야.' 한다.
가로등이 슬쩍 비춰주는 파리한 얼굴,
살기殺氣 묻어 있지 않아 적이 마음이 놓인다.
나도 속으로 '오기만 와봐라!'를 몇 번 반복한다.

별 하나가 스르르 환해지며 묻는다.
'그대들은 뭘 기다리지? 안 올지도 모르는 사람?
어둠이 없는 세상? 먼지 가라앉은 세상?
어둠 속에서 먼지 몸 얼렸다 녹이면서 빛 내뿜는
혜성의 삶도 살맛일 텐데.'
누가 헛기침을 했던가,
옆에 누가 없었다면 또박또박 힘주어 말할 뻔했다.
'무언가 간절히 기다리고 있는 사람 곁에서
어둠이나 빛에 대해선 말하지 않는다!'

별들이 스쿠버다이빙 수경水鏡 밖처럼 어른어른대다 멎었다.

이제 곧 막차가 올 것이다.

—「겨울밤 0시 5분」 부분, 『겨울밤 0시 5분』

겨울 어느 늦은 밤. 시인은 아파트 후문에 도착했지만 집으로 들어가지 않고 밤 산책을 시도한다. "별을 보며 걸었다." 마을버스 종점까지 걸어갔다가 어느 여성을 만나게 되는데 그 옆에 서서 '나'는 계속 하늘을 올려다보는 중이다. 그녀는 누군가를 기다리는 듯한데, 뜻밖에도 "이제 그만 죽어버릴 거야"라고 말한다. 정말로 죽을 것 같아 보이지는 않아 안심하면서 '나'는 속으로 슬쩍 맞장구를 치고 그녀에게 오지 않은 그 누군가를 탓해보는 것이다. '오기만 와봐라!' 그때 문득 내가 올려다보는 별이 나에게 말을 걸어오면서 별과 '나'의 대화가 시작되는데, 기실 이는 삶의 고통과 기다림의 시련을 경험하는 중인 여성을 보며 시인 내면에서 경합하는 중인 두 방향의 생각을 무대 위에 올린 것일 터이다. 먼저 별이 말하길, 어둠과 먼지 따위가 없는 무균적無菌的이거나 무통적無痛的 세상이 아니라, 균과 통의 세상을 살아가는 와중에 발견하는 삶의 보람("어둠 속에서 먼지 몸 얼렸다 녹이면서 빛 내뿜는 혜성의 삶")이야말로 귀한 것이 아니냐고 묻는다.

옳지만, 옳기만 한 말이 아닐 수 없다. 그래서 또다른 내적 자아가 다음과 같이 말하는 것이다. '무언가 간절히 기다리고 있는 사람 곁에서 어둠이나 빛에 대해선 말하지 않는다!' 이 구절이 가닿은 삶의 비명제적 깊이를 가까스로 명제화해본다면 이렇게 될까? 무언가를 간절히 기다리고 있는 사람은 실은 그 기다림의 힘으로 삶을 버티고 있는 것이라고, 그녀가 그렇게 살아갈 수 있다면 그걸로 그 기다림은 충분히 제 몫을 하고 있는 것이라고, 그러니 섣부른 절망("어둠")과 희망("빛")의 언사는 당사자의 그 기다림에 전혀 도움이 되지 않을 것이라고 말이다. 고요한 겨울밤의 한때를 그린 이 시가 이토록 내적 역동성을 가질 수 있게 된 것은 "이제 그만 죽어버릴 거야"라고 말하는 한 타자가 내 곁에 있었기 때문이다. 아니, 이게 다 '나'가 마을버스에서 내린 후 집으로 곧장 들어가지 않고 산책을 하기로 마음을 먹었기 때문이다. 만나러 가지 않으면 만나지지 않는다. 그렇게 타자가 들어와야만 시의 '나'도 낯설어질 수 있는 것이다.

걸음 뗄 때마다
오른편 발뒤꿈치 아프게 땅기는 족저근막염에 걸려
침을 아홉 번 맞아도 통증 기울지 않고
복수초가 피었다 졌을
지금쯤 개나리 한창일
산책을 두 달여 못 나가고
지난 주말엔 친구들이 부르는 술자리에도 못 낀 채
미술책이나 들척이다가 떠오른 것이
4년 전인가 터키 에베소에서 다리 절면서

'원 달러, 원 달러!' 외치며 사진첩 팔던 사내,
물러갈 때 심하게 다리 절름댔으나
사람들 앞에선 알아챌 만큼만 가늘게 절던 사내,
그의 얼굴 어둡지는 않았어.

몇 시간 전 거리에선 사람들 날 듯이 걸어 다니고
그들의 삶이 내 삶보다 더 탱탱하고
이 세상이 생각보다 훨씬 더 탄력 있다는 느낌을 받았어.
틈 내어 힘들게 내려간 사당역 부근 지하서점 '반디앤루니스'에선
닷새 전 나온 내 시집 어떻게 꽂혀 있나 살펴보려다 말고
듬직한 미술책 하나 집어 들고 난간 잡으며 올라왔지.

문 앞에서 걸음을 멈추었다.
젊은 남녀가 수화手話를 하고 있었다.
남자는 턱 높이까지 올린 한 손 두 손 쉬지 않고 움직이고
여자는 두 손 마주 잡고 열심히 쳐다보고 있었다.
다시 발길 옮기려다, 아 여자 눈에 불빛이 담겨 있구나!
여자가 울고 있었다.
참을 수 없이 기쁜 표정 담긴 얼굴이
손 없이 수화하듯 울고 있었다.
나는 절름을 잊고 그들을 지나쳤어.

—「발 없이 걷듯」 전문, 『사는 기쁨』

발을 다쳐 산책도 못 나가고 벗들도 만날 수 없게 되자 우울하다. 그때 문득 떠오른 것이 4년 전 터키에서 만난, 사진첩을 팔던 절름발이 사내였다. 내 앞에서 물러갈 때는 다리를 심하게 절던 그가 사람들 앞에선 조금만 저는 것을 '나'는 목격했다. 그러니까 그는 물건을 파는 순간에만 다리를 더욱 심하게 절었던 것인데, 요컨대 연기를 하며 사는 사내였던 것. "그의 얼굴 어둡지는 않았어." 그러니까 당연히 그 삶도 살 만한 것이었으리라고, 지금의 '나'는 돌이켜 생각해보는 것이다. 그래서 2연에서 '나'는 불편한 다리를 무릅쓰고 외출할 용기를 낸다. 나가보니 날듯이 걸어다니는 사람들 앞에서 주눅이 들 수밖에 없었으리라. 이어 그는 지하 서점에 자신의 신간을 구경하러 내려가는데, 내려간 김에 미술책 하나 사 들고 다시 올라온다. 이 대목은 재미있다. 그가 주눅든 와중에 자신의 책을 보러 가는 것은 아마도 상처 입은 자존감을 복구하려는 무의식의 요청이었을지도 모르고, 그가 굳이 미술책 한 권을 사 들고 올라오는 모습은 사진첩을 들고 다니던 터키 사내의 모습과 포개지는 것처럼 보이기 때문이다.

이윽고 3연에서 이 시는 인상적인 타자들과 조우한다. 시종 '~했어'로 문장을 끝맺던 이 시가 이 대목에서만큼은 종결어미를 '~했다'로 바꾸어 강조했다. 그 조우의 순간이 나에게는 마치 슬로비디오 같았다는 뜻일까. 수화로 대화를 나누는 남녀인데, 남자는 바삐 손을 움직이고 여자는 그런 그를 바라보고 있다. 그때 '나'는 그녀의 눈 속에 "불빛"이 담겨 있는 것을 목격한다. 아마도 남자는 사랑의 고백을 하는 중이었겠고, 여자는 눈물을 흘리며 기뻐하고 있었을 것이다. 말을 잃은 그들이 말을 뛰어넘어 나누는 대화를 보고 '나'는 "절름을 잊고" 그들을 지나쳤다고 적고 있다. 입이 없어도 저토록 감동적인 대화를 나누는데, 발이 없어도 걸을 수 있지 않겠느냐는 듯이 말이다. 그야말로 '나'는 거듭나고 있다. 그것도 두 번이나. 한 번은 터키 사내 때문에, 또 한 번은 수화하는 연인들 덕분에.

두 편의 아름다운 시를 읽었다. 황동규의 최근 시를 읽으며 떠올린 질문이 있었는데, 답 역시도 그의 시 안에 있다는 것이 요점이다. 앞서 인용한 우치다 타츠루의 책 다른 대목에 이런 구절이 있다. "'나'와 '타자'는 미리 독립된 두 항으로서 자존自存적으로 대치하는 것이 아니라, 사건 속에서, 사건으로서 동시에 생성한다." 그러므로 시의 '나' 역시, '너'를 만나는 사건 속에서, 사건으로서, 발생하는 것이다. 그리고 그렇게 '내가 아닌' 혹은 '나와 다른' 타자와 조우하면 할수록 '나'의 거듭남 역시 더욱 강렬해지고 다채로워질 것이다. 실재하는 한 인간의 거듭남이 꼭 그러해야 하는 것은 아니겠지만, 시 안에서 일어나는 거듭남이라면 그럴수록 좋을 것이라는 말이다. 나는 이것이 황동규의 '극서정시' 이론 내에 이미 잠재태로 존재해온 명제라고 생각한다. 최근 황동규의 시를 읽으며 지금쯤 이 대목이 특별히 강조되어도 좋겠다고, 그렇게 극서정시 이론의 풍부한 함축이 '주체/타자'론의 층위에서 다시 주목받을 만하다고 생각해보았을 따름이다. 그리고 바라건대 시인에게는 이 글을 읽는 일이 바로 그런 의미에서 타자와의 조우가 될 수 있다면 좋을 것이다.

에필로그

돌봄,
조금 먼저
사는 일에 대하여

박준,

『우리가 함께 장마를 볼 수도 있겠습니다』

책장을 넘기다

손을 베인 미인은

아픈데 가렵다고 말했고

나는 가렵고 아프겠다고 말했다

—「손과 밤의 끝에서는」 부분

이런 대목을 보면 박준의 '나'가 하는 사랑이란 '열정적 사랑passionate love'도 아니고 '낭만적 사랑romantic love'도 아닌 것이 분명하다. 남성 시인의 격정적인 에로스가 상대방을 집어삼키고 자신도 파멸할 듯이 분출하는 순간도 없고, 운명적인 만남으로 삶의 문제가 해결되고 자아의 완성이 이루어질 것이라는 기대도 보이지 않는다. 그는 작은 차이들의 연인이어서, 그의 사랑도 그저 작은 차이들에 민감한 사랑인 것으로 족하다. 이 작은 차이는 그것을 감지하지 못하는 이에게는 '없는' 차이이지만 일단 감지하기만 하면 '큰' 차이가 된다. 위 시에서 두 사람은 같은 말을 순서만 바꿔 말한 것일까? 당신은 "아픈데 가렵다"라고 했는데 이는 '아파 보이겠지만 가렵다'는 뜻으로 나를 안심시키려 하는 말이고, 나는 "가렵고 아프겠다"라고 했는데 이는 '가렵기보다는 아프겠다'라는 뜻으로 나는 네 아픔에 집중하고 있음을 알리기 위해 하는 말이다. 그래서 같은 말이 아니게 됐다. 이 사랑의 더 중요한 본질은 시간을 다루는 태도에 달려 있으므로, 이제 그 이야기를 해보려고 한다.

어떤 과거가 현재에 도착하듯이

그해 우리는
서로의 선부름이었습니다

같은 음식을 먹고
함께 마주하던 졸음이었습니다

남들이 하고 사는 일들은
우리도 다 하고 살겠다는 다짐이었습니다

발을 툭툭 건드리던 발이었다가
화음도 없는 노래를 부르는 입이었다가

고개를 돌려 마르지 않은

새 녘을 바라보는 기대였다가

잠에 든 것도 잊고

다시 눈을 감는 선잠이었습니다

—「선잠」 전문

당신이 펼친 것은 박준의 시집이 맞다고 말하기라도 하듯, 이 시집의 첫 시는 "그해"라는 시어로 시작된다. 아마도 그의 시와 산문에 가장 자주 등장하는 말이 "그해"일 것이다. 그는 "그해"라고 말문을 여는 순간 쓸 것이 떠오르는 사람인 것처럼 보인다. 돌아보며 쓰이는 글만이 아름다워질 수 있다는 듯이 말이다. 보다시피 "우리는 ~이었습니다"의 구문으로 여섯 개의 연이 만들어졌다. 1연에서 "서로의 선부름"이라는 표현은 절묘하다. 선부른 인연이었지만 공평한 미숙함이었다는 뜻이다. 피차 그러했으니 한쪽만 상처받을 일은 당연히 아니었고, 이제는 돌아갈 수 없어 그립기까지 한 미숙함이 되었다. 그래서 2연부터 그해의 일들은 돌아볼 때만 발생하는 빛으로 감싸이기 시작한다. 그해의 빛 속에는 나른한 일상이 있었고(2연), 결코 무리일 수 없는 작은 욕심들도 있었으며(3연), 언어 없이도 공유되는 낙관의 기운이 있었고(4~5연), 선잠과도 같은 어떤 절대적인 평화가 있었다(6연).

한때 많이 읽히다가 이젠 거의 잊힌 『시학의 근본 개념』이라는 책에는 서정의 근본 형식이 '회상Erinnerung'(국역본에는 '회감')이라고 적혀 있다. 단지 돌아본다는 의미만은 아니고, 돌아볼 때 발생하는 주체와 객체 사이의 거리 소멸, 즉 서정적 융화融和가 시의 본령이라는 것이다. 박준의 시 중에도 이런 의미에서 회상의 산물들이 자주 발견된다. 그런데 그에게서 흥미롭게 나타나는 현상은 그 회상의 시들을 '현재에서 과거를 돌아본다'는 상황만이 아니라 '과거가 현재에 도착한다'고 말해야 할 상황으로 그리기를 좋아한다는 점이다. 집에 들어서자마자 40년 전 할아버지의 냄새가 훅 끼쳐와 눈물을 쏟고 마는 아버지를 그린 시 「종암동」이 전형적인 사례다. 이렇게 말해보면 어떨까. 박준의 '나'는 과거의 일이 현재로 이어진다는 사실에 관심이 많은 사람이다. 특히 말에 대해서 더욱 그렇다. 과거의 어떤 말들이 시간을 건너 현재의 내게로(어딘가로) 도착하는(흘러가는) 순간을 그리는 시가 이렇게 많다.

> 우리가 오래전 나눈 말들은 버려지지 않고 지금도 그 숲의 깊은 곳으로 허정허정 걸어 들어가고 있을 것입니다 오늘쯤에는 그해 여름의 말들이 막 도착했을 것이고요
>
> —「숲」 부분

> 외롭지? 그런데 그것은 외로운 게 아니야 가만 보면 너를 생각하는 사람이 있다 그 사람도 외로운 거야 혼자가 둘이지 그러면 외로운 게 아니다,

하는 말들 지나

왜 자면서 주먹을 쥐고 자 피 안 통해 손 펴고 자 신기하네 자면서도 다 알아,

듣는 말 지나

—「가을의 말」 부분

이름이 왜 수영이에요? 왜 수영인 것이에요? 제가 수영이라는 사람을 오래 좋아했거든요, 그런데 죄송하지만 수영이가, 수영이가 그쪽 이름이 아니면 안될까요? 하는 말 흘러,

(……)

호르르 흐르고 흘러서, 다시 제자리로 돌아와 가지런히 발을 모으고 있는 말들

—「겨울의 말」 부분

맨 앞의 시는 박준의 것 중에서는 드물게도 일상보다는 환상을 그린 경우다. 그는 뱉어진 말들이 사라지지 않고 모여드는 어떤 숲을 상상한다. "그해 여름"에 셋이 장마를 보며 나눈 말들이 오늘쯤에는 그 숲에 도착할 것이다. 이것은 그해 여름의 말들, 이를테

면 장마를 보며 "슬프다"라고 한 너의 말을 오늘쯤에는 이해할 수 있을 것 같다는 뜻일 수 있다. 그가 다른 시에서 "낮에 궁금해한 일들은/깊은 밤이 되어서야/답으로 돌아왔다"(「낮과 밤」)라고 적은 것처럼 말이다. 그렇게 그 숲에는 언젠가의 말들이 하나씩 도착할 것이고, '말들이 서로의 머리를 털어줄' 시간, 그러니까 우리가 시간차를 두고 서로를 이해하는 다정한 때가 올 것이다. 뒤의 두 시는 누군가의 말이 '나'에게로(시인의 시로) 도착하는 과정 그 자체를 눈앞에서 보듯 보여주겠다는 듯이 독특한 표현 방식을 택했다. 이에 따르면 지금 한 편의 시는 그동안 그가 들은 많은 인상적인 말들을 '지나' 또는 '흘러' 여기에 도착한 말들로 이루어진다.

어떤 현재는 미래에 도착할 것이어서

좀 거창하게 말하면 방금 우리는 박준의 시간관에 대해 이야기한 것이다. 과거는 더 먼 과거로 흘러가버리는 것이 아니라 때가 되면 지금 이곳으로 거슬러올라온다는 것이 그의 시간관이다. 그렇다면 이제 다음과 같은 생각을 잇달아 해보는 것은 논리적으로 당연한 일이다. 과거가 현재로 이어져오는 것이라면, 지금의 이 현재도 언젠가 미래로 이어져갈 것이 아닌가? 그러니까 이 시인이 살아가는 시적 시간에는 두 층위가 있는 것인데, 그는 현재로 오는 과거를 기다리기만 할 것이 아니라, 미래에 도착할 현재를 정성껏 살아가기도 해야 하는 것이다. 전자를 회상이라 불렀으니 후자를 예감이라고 불러야 할까. 이제 이 후자에 대해서 말하기로 하자.

현재가 미래에 도달할 것을 생각하는 사람은 곧 다가올 미래를 생각하며 준비하는 삶을 산다. 그래서 박준이 유난히 자주 구사하는 종류의 문형이 바로 다음처럼 현재에서 미래를 지시하는 문장들이다.

받아놓은 일도
이번 주면 끝을 볼 것입니다

—「84p」 부분

머지않아 날은
어두워질 것입니다

—「이름으로 가득한」 부분

아욱 줄기가 연해지기 시작하면
우리의 제사도 머지않았다는 이야기입니다

—「가을의 제사」 부분

이것은 모두 시의 첫 문장들이다. 그러니까 박준은 "그해"라고 하는 순간 첫 문장을 쓸 수 있게 되는 시인이기도 하지만, 조금 후에 다가올 시간들을 생각할 때 첫 문장이 떠오르곤 하는 시인이기도 하다. 미래를 내다보는 일로 현재를 살아가는 사람, 나는 바로 여기에 박준의 '나'가 가진 비밀 중 하나가 잠겨 있다고 생각한다.

현재를 살면서도 미래를 염두에 두는 마음은 현재를 미래에 선물로 주려는 마음이다. 누구에게? 그는 과거에서 오는 것으로 시를 쓰는 사람이니, 미래의 자신을 위해 현재를 살아갈 필요가 있다. 그러니까 현재 내 삶의 어떤 순간순간이 미래의 시가 된다는 마음, 시인 박준이 미래에 일용할 양식을 미리 준비하는 마음이다. 그러나 그는 시를 쓰는 사람만이 아니라 사람을 사랑하는 사람이기도 하므로, 미래로 선물을 보내는 마음은 나만이 아니라 당신을 위한 마음이기도 하다. 바로 이 마음을 잘 드러낸, 그래서 편지 형식이어야만 했을 두 편의 시가 아래에 있다.

주말에 큰비가 온다고 하니 이곳 사람들은 그 전까지 배추 파종을 마칠 것입니다 겨울이면 그 흰 배추로 만두소를 만들 것이고요

그때까지 제가 이곳에 있을지는 모르겠습니다만 요즘은 먼 시간을 헤아리고 생각해보는 것이 좋습니다 그럴 때 저는 입을 조금 벌리고 턱을 길게 밀고 사람을 기다리는 표정을 짓고 있습니다 더 오래여도 좋다는 듯 눈빛도 제법 멀리 두고 말입니다

—「메밀국수」 부분

내가 처음 적은 답장에는

갱도에서 죽은 광부들의

이야기가 적혀 있었습니다

그들은 주로

질식사나 아사가 아니라

터져 나온 수맥에 익사를 합니다

하지만 나는 곧

그 종이를 구겨버리고는

이 글이 당신에게 닿을 때쯤이면

우리가 함께 장마를 볼 수도 있겠습니다, 라고

시작하는 편지를 새로 적었습니다

—「장마」 부분

앞의 시를 보면 그는 자신이 어떤 사람인지 잘 알고 있는 듯 보인다. 주말이 오면, 그리고 겨울이 오면, 그때 사람들은 어떻게 살아갈 것인지를 그는 헤아려보는데, 그러면서 그맘때 자신은 또 무엇을 하고 있을지를 생각해보는 것이다. 이렇게 "먼 시간을 헤아리고 생각해보는 것"이 그는 좋은데, 그럴 때 그가 "사람을 기다리는 표정"을 하게 되는 이유는 무엇인가. 그에게 미래는 '당신과 함께 보낼 수도 있을' 시간이기 때문이다. 뒤의 시에서는 그 마음이 더 또렷하다. 이 시에서 그는 편지를 두 번 쓴다. 우리의 삶이 이미 일어난 아픈 일들을 잊지 않는 삶이기도 해야 하지만, 우리가 함께 있을 시간들에 대한 예감으로 버텨내는 삶이기도 해야 하겠기 때문이다.

나의 현재를 당신의 미래에 선물하는

우리는 지금 그의 시간관이 사랑관으로 이어지는 대목에 와 있다. 그래서 그가 "마늘을 한 접 더 사 오는 것으로 남은 겨울을 준비합니다"(「오늘」)라고 쓰면, 이 특별할 것 없는 시간의 문장도 사랑의 문장처럼 보여 두근대는 것이다. 앞에서 그를 "미래를 내다보는 일로 현재를 살아가는 사람"이라고 적었는데, 그러니까 그의 사랑도 그렇다는 것이다. 그런 태도는 이를테면 "잠에서 깨어났지만 한동안 눈을 감고 있는 일로 당신으로부터 조금 이르게 멀어져보기도 했던, 더해야 할 말도 덜어낼 기억도 없는 그해 여름의 일입니다"(「여름의 일」)와 같은 구절에서처럼 이별을 연습해보는 방식으로 나타나는 때도 없지 않지만, 대체로는 아래 시에서처럼 더 잘 사랑하기 위한 방법으로 사용되는 때가 더 많다. 그리고 이것이 박준 시의 가장 아름다운 본질에 속하는 대목이다.

늦은 해가 나자
약을 오래 먹고 잠들었던
당신이 창을 열었습니다

어제 입고 개어놓았던

옷을 힘껏 털었고

그 소리를 들은 저는
하고 있던 일을 덮었습니다

창밖으로
겨울을 보낸 새들이
날아가는 것도 보았습니다

온몸으로 온몸으로
혼자의 시간을 다 견디고 나서야

겨우 함께 맞을 수 있는 날들이
새로 오고 있었습니다.

—「84p」 전문

대단한 것이 아니다. 아니, 대단한 것이다. 당신의 기척에 반응한다는 것은. "그 소리를 들은 저는 하고 있던 일을 덮었습니다." 이런 행동은 "그 소리"를 (자기가 기다리는 줄도 모르고) 기다려온 사람의 것이다. 보살피기 위해 기다리고 있었으리라. 우리말 '보살피다'는 '살피다'를 품고 있다. 그러니까 살피지 않으면 보살필 수 없는 것이다. 무엇을 살피는가? 다가올 시간이 초래할 결과를 살핀다는 것이다. 이런 보살핌을 우리는 돌봄care이라 부른다. (현대 사회학/여성학에서 돌봄은 중요한 이슈이지만 여기서는 단지 박준의 시가 알려주는 대로만 이해해보기로 하자.) 돌봄이란 무엇인가. 몸이 불편한 사람을 돌본다는 것은 그가 걷게 될 길의 돌들을 골라내는 일이고, 마음이 불편한 사람을 돌본다는 것은 그를 아프게 할 어떤 말과 행동을 걸러내는 일이다. 돌보는 사람은 언제나 조금 미리 사는 사람이다. 당신의 미래를 내가 먼저 한번 살고 그것을 당신과 함께 한번 더 사는 일.

비 온다니 꽃 지겠다

진종일 마루에 앉아
라디오를 듣던 아버지가
오늘 처음으로 한 말이었다

—「생활과 예보」 전문

나이 들어 말이 어눌해진
아버지가 쑥을 뜯으러 가는 동안

나는 저녁으로
쑥에 된장을 풀어
국을 끓일 생각을 한다.

—「쑥국」 부분

이런 구절들이 어떻게 시가 될 수 있는가. 비가 온다는 예보를 듣고 아버지는 꽃이 살아야 할 미래를 생각한다. 그래서 뭘 어쩌겠다는 것도 아니다. 그냥 꽃의 미래에 미리 다녀가보는 것이고, 무언가의 삶을 조금 미리 살아보는 것이다. 이 시인이 아버지의 저 심상한 말 한마디로도 시가 될 수 있다고 믿었다는 것은 이 말에 담겨 있는 사랑의 방식이 시인에게는 중요한 것이었다는 뜻이다. 이런 아버지의 아들답게 그도 아버지를 위해 조금 미리 살아보기로 한다. 아버지는 꽃의 미래를 생각만 했지만 아들은 아버지의 미래를 위해 무엇을 해보려고 한다. "국을 끓일 생각을 한다"(「쑥국」). '생각을 한다'라고 적었다. ('생각한다'가 아니다.) 이런 마음먹기를 흔히 '작정作定'이라고 하지만 나는 '작정作情'이라고 바꿔 적어본다. 돌봄을 위한 작정, 그것이 박준의 사랑이다.

너를 돌본다는 사실로도 너를 돌보는

그런데 여기서 덧붙여야 할 것은 돌봄은 왼손이 하는 일을 오른손이 모르게 하는 일이 아니라, 적어도 돌봄을 받는 너는 알도록 하는 게 좋다는 것이다. 내가 누군가의 돌봄을 받고 있다는 사실을 느끼는 일의 따뜻함까지도 돌봄의 일부이기 때문이다. (그것 없이 제공되는 돌봄을 우리는 서비스라 불러 구별한다.) '내가 너를 돌본다는 사실로 너를 돌보는' 좋은 방법 중 하나는 너를 위해 음식을 준비하는 일이다. 그래서 박준의 '나'는 자주 요리를 한다. 아니, 박준에게 요리라는 말은 어울리지 않는다. '당신이 먹으면 좋을 것을 좀 만들어두는 일' 정도라고 해야 그가 하는 일의 느낌과 비슷해진다. 아래 시들에서 그는 그저 먹을 것을 만들고 있을 뿐이다. 그러나 그 과정을 문장으로 옮겨 적기만 해도 우리는 그것을 시로 읽을 수 있게 된다. 이것이 돌봄으로서의 요리이기 때문이다.

불을 피우기
미안한 저녁이
삼월에는 있다

겨울 무를 꺼내
그릇 하나에는
어슷하게 썰어 담고

다른 그릇에는
채를 썰어
고춧가루와 식초를 조금 뿌렸다

밥상에는
다른 반찬인 양

올릴 것이다

—「삼월의 나무」 부분

묵은해의 끝, 지금 내리는 이 눈도

머지않아 낡음을 내보이겠지만

영아가 오면 뜨거운 밥을

새로 지어 먹일 것입니다

언 손이 녹기도 전에

문득 서럽거나

무서운 마음이 들기도 전에

우리는 밥에 숨을 불어가며

세상모르고 먹을 것입니다.

—「좋은 세상」 부분

그러니까 돌봄으로서의 요리란 당신이 무언가를 먹고 있는 미래에 혼자 미리 갔다온 다음, 이번에는 당신을 데리고 한번 더 그곳에 가는 일이다. 음식을 함께 먹는다는 것이 특별한 일인 줄 모르는 사람은 없지만 그것이 도대체 얼마나 특별한 일인지 실감하기는 쉽지 않다. 로버트 노직의 표현을 빌리면 음식을 먹는 일은 "외적 실재의 조각들을 우리 몸에 집어넣는" 일인데 그것은 다음과 같은 물음을 동반한다. "세계는 흡수해도 안전할까?"(『무엇이 가치 있는 삶인가』) 그러므로 내가 당신을 위해 음식을 만든다는 것은 이 세계가 흡수해도 안전한 것임을 미리 확인하고 당신에게 그것을 주는 일이다. 그렇게 우리가 함께 음식을 먹는 것은 우리의 안전함을 먹는 일이 된다. 그러고 보면 '당신의 이름을 지어다 며칠은 먹었다'라는 첫 시집의 제목은 그의 첫 시집이 '자기'를 돌보는 불가피한 단계의 산물임을 암시하는 것일 수도 있겠다. 이제 그는 '당신'을 돌보는 사람이 되었다.

본문에서 인용한 글과 책

언급된 순서를 따름

책을 펴내며

James Wood, "What Chekhov Meant by Life", *Serious Noticing: selected essays 1997-2019*, Farra, Straus and Giroux, 2019

Mary Oliver, "For the Man Cutting the Grass", *The Georgia Review* 35, no.4, 1981

알렉상드르 졸리앵, 『인간이라는 직업—고통에 대한 숙고』, 임희근 옮김, 문학동네, 2015

프롤로그

이시영, 「시가 있는 아침」, 중앙일보, 2001.7.5.

이영광, 「시가 있는 아침」, 중앙일보, 2018.5.10.

한스 붕에, 『브레히트의 연인』, 박영구 옮김, 자작나무, 1995

윌리엄 셰익스피어, 「소네트 22」, 『소네트집』, 박우수 옮김, 열린책들, 2011

1부. 고통의 각

조동일, 『한국문학통사 1』, 지식산업사, 2005

슬라보예 지젝, 『죽은 신을 위하여』, 김정아 옮김, 길, 2007

쓰시마 유코, 「슬픔에 대하여」, 『묵시』, 김훈아 옮김, 문학동네, 2013

에이드리언 리치, 『문턱 너머 저편』, 한지희 옮김, 문학과지성사, 2011

김현, 『말들의 풍경』, 문학과지성사, 1990

2부. 사랑의 면

스티븐 그린블랫, 『세계를 향한 의지』, 박소현 옮김, 민음사, 2016
존 윌리엄스, 『스토너』, 김승욱 옮김, 알에이치코리아, 2015
볼프강 레프만, 『릴케』, 김재혁 옮김, 책세상, 1997
아르투어 쇼펜하우어, 『의지와 표상으로서의 세계』, 홍성광 옮김, 을유문화사, 2019
막스 셸러, 『동감의 본질과 형태들』, 조정옥 옮김, 아카넷, 2006
한나 아렌트, 『전체주의의 기원 1』, 박미애 · 이진우 옮김, 한길사, 2006
Gabriel Marcel, *The Mystery of Being 2: Faith and Reality*, St. Augustine's Press, 2011
나희덕, 『보랏빛은 어디에서 오는가』, 창비, 2003
박혜영, 「풀 · 달 · 여치한테 인간의 길을 묻다」, 한겨레, 2009.7.18.
정은귀, 「생태시의 윤리와 관계의 시학—메리 올리버의 다른 몸 되기」, 『영어영문학』 vol.56, 한국영어영문학회, 2010

3부. 죽음의 점

심경호, 『김시습 평전』, 돌베개, 2003
히라노 게이치로, 『나란 무엇인가』, 이영미 옮김, 21세기북스, 2015
기타노 다케시, 『죽기 위해 사는 법』, 양수현 옮김, 씨네21북스, 2009
한나 아렌트, 『전체주의의 기원 2』, 박미애 · 이진우 옮김, 한길사, 2006
마르틴 하이데거, 『형이상학의 근본개념들』, 이기상 · 강태성 옮김, 까치, 2001
백상현, 『고독의 매뉴얼』, 위고, 2015

황동규, 『삶의 향기 몇 점』, 휴먼앤북스, 2008
로버트 프로스트 외, 『가지 않은 길—미국 대표 시선』, 손혜숙 엮고 옮김, 창비, 2014
스티븐 킹, 「하비의 꿈」, 『해가 저문 이후』, 조영학 옮김, 황금가지, 2012
Paul Mariani, *The Whole Harmonium*, Simon&Schuster, 2016
Simon Critchley, *Things Merely Are*, Routledge, 2005
엘리자베스 퀴블러 로스, 『죽음과 죽어감』, 이진 옮김, 이레, 2008
레프 니콜라예비치 톨스토이, 『이반 일리치의 죽음』, 이강은 옮김, 창비, 2012
실비아 플라스, 『실비아 플라스의 일기』, 김선형 옮김, 문예출판사, 2004

4부. 역사의 선

오스카 와일드, 『오스카리아나』, 박명숙 옮김, 민음사, 2016
윤동주, 『정본 윤동주 전집』, 홍장학 엮음, 문학과지성사, 2004
송우혜, 『윤동주 평전』, 서정시학, 2014
김응교, 『처럼』, 문학동네, 2016
황혜당, 『스님! 어떻게 영어를 그렇게 잘하십니까』, 거름, 1994
황지우, 「끔찍한 모더니티」, 『황지우 문학앨범』, 웅진출판, 1995
손광수, 『음유시인 밥 딜런』, 한걸음더, 2015
한창훈, 「그 나라로 간 사람들」, 『행복이라는 말이 없는 나라』, 한겨레출판, 2016
고종석, 『모국어의 속살』, 마음산책, 2006

5부. 인생의 원

이성복, 『극지의 시』, 문학과지성사, 2015
이성복, 『끝나지 않는 대화』, 열화당, 2014

이성복, 『불화하는 말들』, 문학과지성사, 2015
이성복, 『고백의 형식들』, 열화당, 2014
이성복, 『무한화서』, 문학과지성사, 2015
무라카미 하루키, 『잡문집』, 이영미 옮김, 비채, 2011
캐롤 스클레니카, 『레이먼드 카버—어느 작가의 생』, 고영범 옮김, 강, 2012
테리 이글턴, 『시를 어떻게 읽을까』, 박령 옮김, 경성대학교출판부, 2010
David Orr, *The Road Not Taken: Finding America in the Poem Everyone Loves and Almost Everyone Gets Wrong*, Penguin Books, 2015
Frank Lentricchia, *Modernist Quartet*, Cambridge University Press, 1994

부록. 반복의 묘

심정명, 「재난과의 거리—『내가 없었던 거리에서』와 동일본대지진 '이후'의 일본 문학」, 『일본공간』 no.27, 국민대학교 일본학연구소, 2020
휴버트 드레이퍼스, 『인터넷의 철학』, 최일만 옮김, 필로소픽, 2015
한병철, 『에로스의 종말』, 김태환 옮김, 문학과지성사, 2015
사이하테 타히, 「마스크의 시」, 『사랑이 아닌 것은 별』, 정수윤 옮김, 마음산책, 2020
공성식 외, 『마스크가 말해주는 것들』, 추지현 엮음, 돌베개, 2020
백낙청, 「역사적 인간과 시적 인간」(1977), 『민족문학과 세계문학 1/인간해방의 논리를 찾아서』, 창비, 2011
정근식, 「임을 위한 행진곡—1980년대 비판적 감성의 대전환」, 『역사비평』 vol.112, 역사비평사, 2015
최승자, 『내 무덤, 푸르고』, 문학과지성사, 1993
최승자, 『연인들』, 문학동네, 1999; 개정판 2022

사이먼 메이, 『사랑의 탄생』, 김지선 옮김, 문학동네, 2016

황동규, 『연옥의 봄』, 문학과지성사, 2016

황동규, 『시가 태어나는 자리』, 문학동네, 2001

황동규, 『사는 기쁨』, 문학과지성사, 2013

황동규, 『겨울밤 0시 5분』, 현대문학, 2009 ; 문학과지성사, 2015

매튜 키이란, 『예술과 그 가치』, 이해완 옮김, 북코리아, 2010

우치다 타츠루, 『레비나스와 사랑의 현상학』, 이수정 옮김, 갈라파고스, 2013

에필로그

에밀 슈타이거, 『시학의 근본 개념』, 이유영 · 오현일 옮김, 삼중당, 1978

로버트 노직, 『무엇이 가치 있는 삶인가』, 김한영 옮김, 김영사, 2014

인생의 역사
© 신형철 2022

초판 1쇄 발행 2022년 10월 31일
초판 17쇄 발행 2024년 11월 8일

지은이 신형철
펴낸이 김민정
책임편집 김동휘
편집 유성원 권현승
표지 디자인 한혜진
본문 디자인 최미영
저작권 박지영 형소진 최은진 오서영
마케팅 정민호 박치우 한민아 이민경 박진희 황승현
브랜딩 함유지 함근아 박민재 김희숙 이송이 박다솔 조다현 정승민 배진성
제작 강신은 김동욱 이순호
제작처 상지사

펴낸곳 (주)난다
출판등록 2016년 8월 25일 제406-2016-000108호
주소 10881 경기도 파주시 회동길 210
전자우편 nandatoogo@gmail.com
페이스북 @nandaisart 인스타그램 @nandaisart
문의전화 031) 955-8875(편집) 031) 955-2689(마케팅)
팩스 031) 955-8855

ISBN 979-11-91859-37-9 03810

• 난다는 (주)문학동네의 계열사입니다.
• 잘못된 책은 구입하신 서점에서 교환해드립니다.
기타 교환 문의 031) 955-2661, 3580